U0540004

通識教材：寫作叢書 213

作文書寫技巧 2131
論文寫作技巧 2132
故事編撰技巧 2133

故事編撰技巧

蔡輝振 編撰

天空數位圖書出版

目錄

004 ■ 編 者 序

007 ● 概 說

 一、故事行銷之定義   **008**
 二、故事行銷之由來   **009**
 三、故事行銷之種類   **011**
 四、故事行銷之功能   **012**
 五、故事行銷之運用   **015**
 六、故事行銷之目的   **016**
 七、故事行銷之倫理   **018**
 八、故事行銷之其他   **020**

023 第一輯 故事行銷之撰寫

 一、什麼是故事   **024**
 二、什麼是好的故事   **025**
 三、如何寫好的故事   **027**
 四、故事行銷的類型   **038**

045 第二輯 故事行銷之範例

 一、LV 的故事   **046**
 二、守候咖啡的故事   **048**

目錄

三、守護薑黃的故事　　　　　　　　　　**051**
四、答錄機裡女兒的故事　　　　　　　　**055**
五、20號的舒芙蕾故事　　　　　　　　　**058**
六、讀書改變命運的故事　　　　　　　　**061**
七、韓金婆婆豆腐酪的故事　　　　　　　**064**
八、大師兄蛋捲的故事　　　　　　　　　**066**
九、魚羹的故事　　　　　　　　　　　　**068**

071 第三輯　故事行銷之推廣

一、網路策略　　　　　　　　　　　　　**072**
二、促銷策略　　　　　　　　　　　　　**078**
三、服務策略　　　　　　　　　　　　　**085**

089 第四輯　著作權法

一、《著作權法》之概念　　　　　　　　**090**
二、《著作權法》之起源　　　　　　　　**091**
三、《著作權法》之立法　　　　　　　　**093**
四、《著作權法》之內容　　　　　　　　**095**
五、《著作權法》之實務　　　　　　　　**122**
六、《著作權法》之案例　　　　　　　　**136**

205 ▲ 結　語

故事編撰技巧

編者序

　　本書為《通識教材・寫作叢書（作文書寫技巧、論文寫作技巧、故事編撰技巧）》之編撰，以《故事編撰技巧》為名，乃基於數位科技的來臨，網路行銷的興起，致以〝故事〞作為商品行銷的載體，已形成普遍現象。因此，如何編撰故事，以提高企業/商家的品牌聲譽，進而增加商品的銷售量，就顯得非常重要，尤其是避免誤觸《著作權法》。

　　如何編撰行銷的故事，在網路上的資料，雖多如牛毛，卻非常的零散，沒有系統化與完整性的介紹說明，也沒有教導學生《著作權法》，以致學習者，尤其是初學者無所適從，並違反《著作權法》而不自知。我國《著作權法》制定於民國 17 年 5 月 14 日，國民政府制定公布全文共 40 條條文。後為因應時代的變遷與實務的需要，前後共修 21 次之多，以成現行之 117 條的條文。基於我國是世界貿易組織（WTO）的成員，自應受《與貿易有關之智慧財產權協定》的規定，會員至少應對具有商業規模而故意仿冒商標或侵害著作權之案件，訂定刑事程序及罰則。也就是說，我國《著作權法》仍未除罪化，保持民事責任與刑事責任。

　　筆者是國立大學《故事編撰》課程的專業師資，也

編者序

有《智慧財產權之理論與實務》一書的著作，自然對故事編撰與著作權法非常的孰悉，並曾親率學生走訪民間、企業，以求學生理論與實務兼備，並孰悉《著作權法》。

　　本書之目的，在於提升學生故事編撰與行銷的能力，並遵守《著作權法》的規定。故除〈概說〉單元先介紹外，並依序為：〈故事行銷之撰寫〉、〈故事行銷之範例〉、〈故事行銷之推廣〉，以及〈著作權法〉等四輯，最後以〈結語〉作結。本書循序漸進、由淺入深的引導學生學習故事編撰的技巧，再實務練習故事的書寫，說明簡潔易記，也是教師指導故事編撰的最佳輔助教材。

　　為配合教育部之政策，讓吾人快樂的學習，本公司不惜花費巨資，建置「**天空知城**」數位學習平臺（**http://www.knowledgecitysky.com.tw**）。該平臺將本叢書全部數位化，並建置教師與學生雙向互動式數位教學模式，以及練習系統、考試系統、題庫資料庫等。對教師而言：將可免除備課、出題考試與閱卷批改的煩惱，課程內容又可標準化，以及深廣化，資料也可隨時統一更新，非常方便省時。對學生而言：趣味性的數位教學，將可引發學習的動機；教材內容的豐富性，將可增進知識的廣博，尤其是課後的輔導，教師與學生之間，隨時可在互動式數位教學平臺上雙向溝通，也可以不受時空限制反覆的學習，尤其是紙本版與數位版的教材可相互為用，非常方便。自此而後，我們將可置身在一個人性

化、智慧化、便捷化，以及講究視聽覺享受的操作環境，唾手可得所要的資訊。

國立雲林科技大學漢學所退休教授
天空數位圖書出版社社長

葉輝振　謹識於臺中望日臺
2025.清明節

概說

一、故事行銷之定義
二、故事行銷之由來
三、故事行銷之種類
四、故事行銷之功能
五、故事行銷之運用
六、故事行銷之目的
七、故事行銷之倫理
八、故事行銷之其他

故事編撰技巧

本單元故事行銷之概說，包含：定義、由來、種類、功能、運用、目的、倫理，以及其他等八個面向。茲說明如下：

一、故事行銷之定義

什麼是〝故事行銷（Story Marketing）〞，〝故事〞乃指過往發生的事情，包含真實發生過的歷史，如史書等；也包含未發生過的虛擬故事，如電影或小說等。它可以是事實，也可以是虛構，它有很多種媒介可以承載故事，如文字、聲音，以及影像等。故事透過敘述的方式闡述情節，對於文化的傳播起了很大作用，所有的人類文化都有故事，說故事是普遍存在於所有人類文化的現象。也就是說，故事是普世文化通則之一。因此，美國作家娥蘇拉‧勒瑰恩（Ursula Kroeber Le Guin）才會說：「有些偉大的社會不使用輪子；但沒有一個社會是不講故事的。」

而〝行銷〞是指個人或群體通過創造並同他人交換產品和價值，以滿足需求與慾望的一個社會和管理過程。它包含：廣告、銷售、宣傳、促銷、直效行銷、定價、市場研究等活動範疇。也可說，行銷是做生意的一種方法與手段，也是做生意的一種哲學。

由此可知，所謂的〝故事行銷〞，乃指以故事為媒介，

●概　說

並包裝一個事件，透過說故事的方式，來傳遞這個事件，以連結聽眾的人生體驗，喚起過去情感的回憶，進而產生共鳴。

二、故事行銷之由來：

　　故事行銷之由來，首先起於〝故事〞，而故事的由來應可追溯到古代的神話故事。神話故事之所以會產生，乃因上古時期的先民，對其所接觸的自然、社會等現象，所虛構出來的口頭創作。它源自原始社會時期的人類，試圖通過推理與想像的方式，對自然現象做出合理的解釋，但由於民智未開，故籠罩著神秘的色彩。它僅是故事性的形態，無小說應有情節的描繪，此乃小說的起源。

　　古代神話係後來小說的濫觴，無論中、外大致如此，雖不能謂神話就是小說，然小說起源於神話傳說，似已無可置疑。古代人類，對自然界的奧秘，晝夜更替，四時運行，風雨雷電等現象，並無能力去理解，於是通過冥想，附在各現象之解釋後，就變成今日的神話。《山海經》、《三五歷記》，以及《淮南子》等書，便是彙集此等神話故事的產物。

　　先秦時期的小說，承襲神話故事而有進一步的發展，已脫離故事形態而有情節的描繪，後經兩漢神仙小說的發展、隋唐兩代的傳奇小說、宋元的傳奇和話本、明清

章回小說，以至現代小說的輝煌。

然小說素為士大夫所鄙視，它首見於《莊子·外物篇》：「飾小說以干縣令，其於大達亦遠矣。」復見《荀子正名篇》：「故知者論道而已矣，小家珍說之所願皆衰矣。」荀氏的〝小家珍說〞與莊氏的〝小說〞，意義大致相同，指小家之說的瑣屑雜記，難以進入文學殿堂與〝大達〞相提並論。可見，先秦時代對小說的概念，僅止於〝瑣屑雜記〞而已。

漢代後，班固雖將小說納入史書《漢書·藝文志》內，成為九流十家中的最後一家，然又說：「諸子十家，其可觀者，九家而已。」其被忽視，尤見一斑。而後小說發展至清代，凡有＜藝文志＞或＜經籍志＞的史書，就必有小說家一類，但對小說的輕視依舊。

儘管如此，小說在每個時代都有產生，是不爭的事實。不論史學家收不收錄，或士大夫如何卑視，小說依舊在茁壯成長。誠如明·胡應麟所說：「子之為類，略有十家，昔人所取凡九家，而其一小說弗與焉。然古今著述，小說家特盛，而古今書籍，小說家獨傳，何以故哉？怪力亂神，俗流喜道……。夫好者彌多，傳者彌眾，傳者日眾，則作者日繁，夫何怪焉。」

民國成立後，中國小說的概念受到西方影響，尤其在五四運動時期，誕生了現代小說，由陳衡哲與魯迅先

● 概　說

後發表的＜一日＞及＜狂人日記＞。隨後魯迅《阿Q正傳》、郁達夫《沉淪》、茅盾《子夜》、巴金《滅亡》、楊振聲《玉君》等書，便陸續出籠，新作家也如雨後春筍的冒出。他們多半使用現代語言，寫出不同題材，不同風格，造就今日輝煌的現代小說史。自此，小說始受到士大夫的尊重，進入文學殿堂與經、史、子等平起平坐，成為文學類別之散文、詩詞、小說、戲曲等之一。

　　文學四大類，何以小說最為發達，魯迅認為：「起於休息的，人在勞動時，既用歌吟以自娛，藉它忘卻勞苦了，則到休息時，亦必要尋一種事情以消遣閒暇，這種事情，就是彼此談論故事，正就是小說的起源。」可見，小說的目的在於提供普羅大眾閒暇時的欣賞娛樂，具有廣大的族群，加上如後所說〝激發情感上的共鳴〞等五種功能，很適合承載特定的標的物，如人或物等的傳播。

　　因此，今人將其應用於行銷上，對於標的推廣產生極大效果，而成為今日之顯學，這便是故事行銷的由來。所以，應用於行銷上的故事，與文學上的故事是有所不同，可見以下的分析。

三、故事行銷之種類：

　　故事行銷之種類，可從其形式與內容兩個面向作區分。茲說明如下：

故事編撰技巧

1.依故事形式分類有：

　　A.靜態型故事，如呈現在靜態媒體之包裝、DM、報章雜誌等故事。

　　B.動態型故事，如呈現在動態媒體之電視、微電影、網路傳播等故事。

2.依故事內容分類有：

　　A.依主題分類有：A.人物推廣型故事、B.休閒觀光型故事，以及C.產品行銷型故事。

　　B.依性質分類有：A.創始型故事、B.風格型故事、C.歷史型故事、D.環保型故事、E.保健型故事，以及F.其他型故事。

　　其中之創始型故事，係指以描述最早開創建立之議題的故事；而風格型故事，指以描述格調特色之議題的故事；歷史型故事，指以描述過去之議題的故事；環保型故事，指以描述環保之議題的故事；保健型故事，指以描述保健之議題的故事；其他型故事，則指凡不能納入上述五種類型之議題的故事，皆歸在此類。

四、故事行銷之功能：

　　故事能勾勒出我們深存在腦海裡對過去和未來的期

●概　說

待，發掘內心深處的情感，喚醒真實的自我，足以長存人心。故目前從事設計產業、觀光，以至到高端產業，幾乎都可透過說故事來達到行銷的目的，這是故事行銷的傳播魅力與力量！

故事行銷有怎樣的功能？以及對目標產生什麼樣的影響？根據陳家瑋的研究，大致可分為五種功能：

1.幫助理解觀念與意涵。

2.與對象經驗產生連結。

3.激發情感上的共鳴。

4.人類天生理解事情與想像的能力。

5.影響效果發生在聽故事前與聽故事之後。

故事行銷要能發揮功能，首要讓故事如何使消費者信服？一般人在理解故事時，會面臨〝故事轉化（Story Transformation）〞的過程，故事轉化是視覺心智想像（mental imagery）途徑的一種表現方式，也是一種認知、想像與情感的交互作用的最終結果。當視、聽覺高度的融入故事設定的情境中時，會彷彿親身經歷那些事件，因而對情節產生強烈的情感反應。

當消費者被故事的架構吸引，會傾向專注於故事本身，而不去比較或推敲產品功能的優劣，即消費者會以

故事編撰技巧

敘事處理模式來處理，而非理性的分析處理模式，亦即消費者彷彿在建構自己的故事腳本，並且在建構的過程中，產生自己對故事的評價，進而產生品牌與自身的聯結。因此，敘事轉化有三種特性：

1.敘事轉化可以降低消費者理性的認知判斷，使消費者較少去懷疑敘事的內容以及論點，因此消費者的信念也易被潛移默化。

2.故事的敘事轉化能力會讓敘事的經驗更像真實的個人經驗，比非敘事的形式更能改變消費者的想法。

3.故事的敘事轉化能夠讓消費者對故事人物角色產生強烈的情感，故事中人物的經驗、遭遇及信念會讓消費者感同身受，而忽略一些不合理的線索，並接受說故事者所給予的敘事世界，專心享受故事而不想被人打擾。

可見，故事提供一個深具吸引力的框架，吸引人們注意，並沉浸於故事本身的情節中，不但混亂我們在現實與虛幻之間的判定界限，讓人深深地融入其中，並產生信念與改變想法，進而達到說服消費者的目的。

隨著網路資訊的發達，逐漸改變傳統行銷的模式，現今的故事行銷已成為大眾媒體的呈現手法，它讓收視率更高更精彩，很適合應用在商業活動，以最少的錢做

最大的宣傳，獲得最大的利益。尤其是它承載個人形象，或是單一商品時，該個人或商品即可受益；承載一個品牌，該品牌底下的所有商品皆可受益；承載一家企業，該企業所屬商品皆可受益。可見，故事行銷之功能，對於個人前途、企業經營，以至國家社稷都是如何把自己推銷出去的重要手法之一。

五、故事行銷之運用：

　　故事行銷之運用策略，主要乃藉由故事對消費者的吸引力，可有效地傳達商品的價值，以提升該商品的市場競爭力，是商品品牌經營不可或缺的運用策略。

　　現代消費者對商品的需求特性，已從過去量與價的訴求，轉為對品質與安全的需求。因此，消費者在購買商品時，品牌信譽與公信是購買時的重要考量。尤其是網路商品，消費者雖降低購物的時間與成本，但會更加注重網路商店所提供之產品資訊。對於一些資訊建構不完整的品牌，加上有些商品受季節性影響或產量限制等問題，致使品牌無法持續地在市場上曝光，影響品牌在消費者心目中的清晰度與回憶度。

　　因此，商品透過品牌故事的建構，便可賦予該品牌更高的文化性與故事性，深化商品價值的功能，使品牌更具形象化與聯想性，進而提升品牌的競爭力。是故，

故事編撰技巧

品牌故事作為一個品牌的行銷傳播工具，不僅深化消費者對品牌的識別，也延伸消費者對品牌的消費價值，是品牌行銷中不可或缺的運用策略。

再者，消費者對品牌故事的真實性追求，反映他們對消費市場的道德要求，品牌故事可以透過適當的描述，以強化消費者對其真實性的認知。當商品的品質不穩時，消費者也會運用品牌故事的真實性，來輔助其對該產品的品質判斷。故品牌故事之編撰，可以策略性地透過描述手法的運用，以加強消費者對其真實性的認知，進而提升故事行銷的運用效率。

六、故事行銷之目的：

故事是目前最能深入人心的溝通方式，它軟性的訴說力量，遠比硬性宣傳更能深入人類心靈的深處而引起共鳴，並能持續迴盪中，每當需要時便能追回記憶。

故事行銷只有一個目的，就是如何把自己（產品等）推銷出去，也就是說如何說服消費者，進而從口袋裡掏錢出來。

要達成此目的，故事首先必須有說服力，才能達到行銷的效果。根據希臘哲學家‧亞里斯多德（Aristotle）所提出的〝說服三部曲〞：

●概　說

1.邏輯（Logic）：

　　所謂的邏輯，意指推論和證明的思想過程，而邏輯學則是研究〝有效推論和證明的原則與標準〞的一門學科。作為一個形式科學，邏輯透過對推論的形式系統與自然語言中的論證等來研究並分類命題與論證的結構，並利用機率推論包含因果論的論證等專業的推理分析。

　　所以，行銷的故事必須具有強而有力的論點，並遵循一定的邏輯，讓對方覺得很有道理。

2.信譽（Reputation）：

　　所謂的信譽，意指信用和聲譽，評定一個主體的信譽一般稱為信譽評級，是社會大眾對個人、社會團體或組織等根據評價准則給出的評價，它在教育、商業、虛擬社群和社會地位等領域中發揮著一種生產要素的作用，不僅可以促進個主體作用的有效發揮，同時也是社會大眾給於的其中一種社會認同。

　　也就是說，〝說服者〞的信用，包含了名聲、專業度、可信度，以及權威等。所以，行銷的故事必須具有高度的信譽，方能說服消費者。

3.情感（Emotion）：

　　所謂的情感,意指用來描述感覺或情緒經驗的概念。情感是人類的重要組成部分，是人們通過他們在社交媒

體上的帖子表達，他們對某個話題的看法和觀點。也就是說，人們受外界刺激所產生的心理反應,如:喜、怒、哀、樂等。

所以，行銷的故事必須具有達到連結情感的目的，以建立適合的情境來傳達訊息，且不時注意到〝對方〞的情緒狀態，方能引起消費者的共鳴。

每個品牌都應該有自己的生命，而故事情節會帶著商品往前走。先有認知、才有情感，接著才會有行為。

七、故事行銷之倫理：

本文所稱之倫理即〝職業倫理（work ethic）〞或稱職場倫理、工作倫理等。所謂的職業倫理是指特定職業者,基於職業需要和職業邏輯,而應當遵循的行為準則，並要求名與分要相符，如校長應做校長的事，要有校長的樣子；工友應做工友的事，也要有工友的樣子。也就是說職業倫理是發生在工作場所中的人際，或群體之間的倫常規範。它不僅是員工應遵守的規範，也是雇主應遵守的規範。它在不同的工作領域而有不同的名稱。如學術界稱為〝學術倫理〞，醫學界稱為〝醫學倫理〞，企業界稱為〝企業倫理〞。

職業倫理的特徵徵，是工作場域中，人與人之間的事情，是職業道德的關係，不是契約行為，故無法律的

●概 說

約束力，它屬於道德層面的範疇。職業是以群體形式存在，職業倫理是職業群體的產物，當社會確實形成某個職業時，就會形成屬於這個職業的相應倫理，並藉以規範和約束其從業者。職業倫理以職業需要和職業邏輯（合理性）為根據，以職業特點和需要為基礎。可見，各行各業皆有其對應之職業倫理要遵守，文化創意產業也不例外，尤其是故事行銷以故事來包裝，其對應倫理更為重要。

對本身而言，故事可以是事實，也可以是虛構，更可以是一點事實而加以鋪敘、誇張。對對象而言，面對文學時，它是構成小說的要素之一，虛構、鋪敘、誇張本就是它的特色；然面對商品時，它是行銷手法之一環，屬於廣告行為，就不能有虛構的現象，否則便是廣告不實，甚至是詐欺行為。

再者，根據陳俐君與黃麗君的研究指出：在知名的〝水蜜桃阿嬤〞的故事行銷裡，阿嬤為了6個孫子所賣的水蜜桃，在消費者心中具有額外的消費價值，消費者購買的並不只是水蜜桃，而是對故事背後的主人翁的關懷與幫助。但並不是每個品牌故事都能達成行銷效果，創造銷售佳績，若是讓消費者感覺到自己被業者運用故事刻意進行操作，反而會失去消費者的信任，造成反效果。因此，故事的〝真實性〞就對故事的行銷效力具有決定性的影響。

可見，虛構的故事，在面對商品行銷時，也不一定能達到好的效果，反而可能觸犯廣告不實，甚至詐欺的刑事責任，學習者不得不慎，要謹守倫理。

八、故事行銷之其他：

故事行銷之其他，乃要釐清故事與小說之間的關係，及文學上的故事與行銷上的故事有何不同，以避免混淆不清。茲說明如下：

1.故事與小說之間的關係：

就本身而言，故事不等於小說，然小說必須建立在故事的基礎上，再依其格律加以鋪敘、誇張才能成為小說。該小說可以是事實，也可以是虛構，更可以取一點事實而加以虛構鋪張，有一定的格律，如結構、標題、情節、時間、空間、人物、文字修辭等，且有長度之分：極短篇小說為一千字以下，短篇小說為三千字至三萬字之間，中篇小說為三萬字至十萬字之間，長篇小說為十萬字以上。

而作為行銷上的故事，則必須建立在事實的基礎上，否則便有欺騙社會大眾之嫌。所以，為增加其可讀性，讓人感動，進而引起共鳴，只能鋪敘或誇張而已，不能有虛構的現象。

2.文學上的故事：

　　就創作而言，故事來自於我們對天地萬物的感受，沒有感受也就不會產生創作，有了感受便會藉由一定的形式來表達，如音樂家用的是樂符，美術家用的是色彩，而文學家則用文字。這一些形式，無非是創作者要傳達給讀者的人生感觸，就像一首輕快的歌，能讓我們沉悶的心情變得愉快，就像一幅佛像，能讓我們浮躁的心情變得安定。因此，魯迅說：「蓋凡有人類，能具二性：一曰受，二曰作。受者譬如曙日出海，瑤草作華，若非白痴，莫不領會感動；既有領會感動，則一二才士，能使再現，以成新品，是謂之作。」可見，文學上的創作，僅止於傳達欣賞的感受而已。

　　故事來自於我們的生活中，且無所不在，每一個人、每一企業、每一國家，以及每一事務、產品等都有屬於自己的故事。它可以是我們人生的一個片段，也可以是我們人生的一個事件，甚至我們整個人生。

3.行銷上的故事：

　　就應用而言，故事應用於行銷上，便產生特定的目的，它的目的就在於如何說服消費者。因此，故事行銷不能像文學上的故事一樣，不必有格律要求，它必須有一定的格律要求，才能達到目的。

故事編撰技巧

　　行銷上的故事，只能來自於標的，也就是它所要承載的客體，如人物、產品等。即使沒有故事也要虛構，否則無從達成使命。它依附在有限的版面上，不管在包裝上，或靜態媒體之 DM、報章雜誌等，或動態媒體之電視、微電影、網路等廣告傳播，不能有太大篇幅，否則廣告費偏高，消費者也無耐心看完，它的篇幅最好在一千字以下最適當。

　　行銷上的故事，其目的在於說服消費者，故最基本的效果便要能感動人，要能感動人的故事，便要具備主題、人物、情節，以及語文等構成的基本要素，配合寫作技巧加以鋪敘、誇張，並善用修辭文字，才能讓讀者隨之起舞，說到辛酸處，一把鼻涕，一把淚，喜怒哀樂，盡在表情中，感動後而共鳴，使其購物行為從觀望化為行動，目的便達成。

　　小說的目的，雖不在於說服讀者，然其感人共鳴是它的特色，極短篇小說又是一千字以下的小篇幅，適合於行銷上的故事，兩者寫法頗為類似。

　　以上，對於故事行銷之定義、由來、種類、功能、運用、目的、倫理，以及其他等方面的概說，提供給學習者參考。

第一輯　故事行銷之撰寫

一、什麼是故事
二、什麼是好的故事
三、如何寫好的故事
四、故事行銷的類型

故事編撰技巧

本單元故事行銷之撰寫，包含：什麼是故事？什麼是好的故事？如何寫好的故事？以及故事行銷的類型等面向。茲說明如下：

一、什麼是故事：

所謂的〝故事〞，是指過往發生的事，包含真實發生的歷史，如史書等；也包含從未發生過的虛擬故事，如小說等，它們以文字、聲音、或影像等來承載。說故事是普遍存在於人類文化的現象中。美國作家娥蘇拉·勒瑰恩（Ursula Kroeber Le Guin）說：「有些偉大的社會不使用輪子；但沒有一個社會是不講故事的」。

詹姆斯·傅瑞（James N. Frey）在《超棒小說這樣寫》中認為：「有意思的人物，經歷一連串有因果關聯的事件後，產生改變的過程。」就是故事。

如：〝一棵松樹死了，所以被鋸掉。〞該描述雖有因果關係，然只改變外形，沒有改變內部，因它不是〝人〞，就算是擬人化，也沒有塑造成〝有意思〞的人，所以不算是個故事。

如：〝喜劇明星許不了，看到漂亮的女孩，竟然吹起口哨。〞該明星許不了，自然是個有意思的人，行動也有因果關係，但本身並沒有產生改變，所以也不算是個故事。

第一輯　故事行銷之撰寫

就算達成有意思、有因果關係、也改變現況等三個條件，那也只是個故事，而不是一個〝好故事〞。

二、什麼是好的故事：

什麼是好的故事呢？或說〝讓人想讀的故事〞。這個命題很抽象，具體的說，就是具有高潮迭起、抑揚頓挫，並能引人入勝，很戲劇化的故事，就是好故事。

如：有意思的人物，經歷一連串有因果關聯的矛盾、衝突，而引發高潮迭起的現象，最終導致改變的過程。其中之關鍵就在於〝衝突〞，衝突是由〝目標〞與〝阻礙〞兩個力道所構成，沒有衝突也就沒有故事。

可見，故事中的角色人物，在〝追求目標〞與〝遭受阻礙〞的因果交互影響中，讓角色最後有了改變，這便是戲劇性的故事，也就是好故事的基本條件。想建構一則好故事，必須具備以下四個特質：

1.簡單易懂：

行銷的故事，其目的在於感動消費族群，進而產生共鳴，才容易引起購買慾望。所以，艱澀的文字，尤其是文言文，是撰寫行銷故事的禁忌，因面對國學素養參差不齊的社會大眾，很難每個人都懂。

因此，一篇好的行銷故事,是運用簡單易懂的字彙，

並通俗化的口吻來敘說故事，就很容易感動消費者，尤其是生動有趣的形式，更能讓故事與消費者間親近。

2.愉悅感受：

既然行銷的故事，目的在於感動消費族群，其愉悅氛圍，自然是親情、愛情、同情、友情等溫馨的感動，是重要因素，才能降低消費者的心防，進而接受品牌商品。

3.區別廣告：

行銷的故事，其任務在於提升品牌的價值，除感動外，還需要有別於他牌的特質，也就是區別廣告，讓消費者有不一樣的感受。因此，故事應貼近於品牌所呈現的形象，尤其是藉由故事賦於品牌/商品的生命力，其區別廣告特別顯著。

4.誠懇感人：

故事行銷的目的，是在說服消費者，首先必須讓人感受到誠懇，對方才會相信故事的內容是真實，否則寫得再好再多，對方不相信也是枉然。雖然，故事不宜無中生有的編造，但經由包裝、潤飾，以及適當的鋪敘，讓消費者相信故事所講的是實情，自然能能讓消費者印象深刻。若故事是虛構，讓消費者不相信時，則品牌/商品容易被消費者拋棄。

第一輯　故事行銷之撰寫

三、如何寫好的故事：

如何寫好一篇好的故事，尤其是應用在行銷上的故事，應包含：撰寫程序、撰寫技巧，以及撰寫原則等三點。茲說明如下：

1.撰寫程序：

小說家李洛克將一本小說的誕生分成6個程序：

A.靈感：將你想寫的題材、你腦中的畫面，抽絲剝繭，化作文字記錄。

B.摘要：將你的靈感延伸擴大之後，創作成一個故事的雛形。

C.大綱：將摘要擴寫，變成結構完整、真正的故事。

D.幕綱：將故事拆分成幕，也就是小說的藍圖。

E.撰寫：依據你的幕綱，由藍圖一字一句完成小說。

F.修稿：重新檢視你的小說，改寫它，讓它更好。

舉例來說，當我們靈感出現時，有人想寫的〝題材〞是一個黑社會的故事，有人想寫一個魔法師的故事，或一個貧困的母親為了小孩出賣身體的畫面等。我們的想

像力就是這麼有趣，當我們有一個題材，或有一個畫面時，便會不斷衍生更多的可能、更多的畫面、甚至更多的情節。

這時我們會覺得自己可以馬上坐下來大寫特寫，一週內完成這本書。但事實上，我們通常坐下寫不到十分鐘，就覺得無聊，累了！這都是很正常的事。可見，光靠題材、畫面，是無法完成一本書的，甚至連故事都稱不上，頂多算是個有意思的設定、有感覺的畫面而已。

這時如果我們放棄不寫了，我們的靈感、創意與熱情都將胎死腹中。如果我們將靈感記下來，運用自問自答的方式，刺激一下大腦，也許就會有不一樣的結果。

A.我們為什麼想寫這個故事？感興趣的點是什麼？

B.依據題材、畫面、其他項的回答，故事可能需要哪些情節？

C.依據題材、畫面、其他項的回答，故事可能需要哪些人物？

D.依據題材、畫面、其他項的回答，故事可能需要哪些設定與規則？

第一輯　故事行銷之撰寫

E.依據題材、畫面、其他項的回答，故事可能會在哪個背景？

如果我們確定想寫黑社會的題材，我們將會看到一個黑社會開槍殺死自己朋友的畫面，那我們便可以依下列回答自己。

A.我覺得黑社會刀口舔血的生活有很多恩怨糾葛，我想寫出黑社會的外在鬥爭跟內心矛盾,那種人在江湖，身不由己的悲哀。

B.我想要出現的〝情節〞有：

a.黑社會被迫殺死自己的好兄弟。

b.自己大哥侵犯自己女朋友。

c.警察說，你再犯案就要被關二十年。

d.就算他想改邪歸正，警察還一直找他麻煩。

e.父母對自己混黑社會不諒解而抑鬱而終。

C.為了上面的情節，我們可能需要一些角色：黑社會的主角、女友、好兄弟、老大、好警察、壞警察、父母等。

故事編撰技巧

D.為了滿足情節與人物，我覺得設定主角是個被關很久，剛被假釋的人，一旦他再次犯案，他的刑期會更加重。所以他一邊承受出獄的迷惘、過去背景的誘惑、外界的既定印象，讓他想改邪歸正卻困難重重。

E.背景應該設定在出獄時的現代社會，與十年前入獄時的社會，讓他感受到被關十年後，與外界的格格不入，而故事應該發生在龍蛇混雜的都市黑暗角落。

這種方法的目的，就是要刺激可能性，我們先把所有可能的聯想、創意都記下來，且可反覆補答。寫完〝設定〞之後，如果覺得人物應該再多加一些，便可以再寫上去，我們突然又想到一些情節，也可以隨時補上去。就在這樣一來一回、一問一答中，我們的故事雛形便產生出來，接著也會知道故事將如何發展。

2.撰寫技巧：

所謂〝撰寫技巧（Writing skills）〞，意指〝寫作的巧妙技術〞，作者自在稿上寫下第一個字起，無不講究技巧，而整個故事的寫作課題，亦皆在技巧之內，可見〝技巧〞二字所涵蓋的廣泛性。應用於行銷上的故事[1]，主要由主題、人物、情節，以及語文等四大要素所構成。茲依序說明如下：

---

[1] 構成小說的要素有：主題、標題、人物、情節、時空、場景，以及語文等七大要素。

第一輯　故事行銷之撰寫

A.主題：

　　所謂〝主題（Theme）〞，乃指文藝作品或是社會活動等所要表現的中心思想。在描繪性藝術中，主題牽涉個人或事物的再現，也涉及藝術家的經驗，這經驗是藝術創作靈感的來源。主題可以分為兩類：一為作品的概念性主題（Thematic Concept），是讀者認為作品是關於什麼的主題；二為陳述性主題（Thematic Statement）是關於作品是表達什麼的主題。

　　俄國作家高爾基（Gorky, Maksim 1868～1936 A.D.）說：「主題是從作者的經驗中產生，由生活暗示給他的一種思想，可是它蓄積在他的印象裏還未形成，當它要求用形象來體現時，它會在作者的心中喚起一種欲望——賦予它一種形式。」

　　可見作品所反映的思想性，乃是作者從生活體驗中所得到的一種暗示性思想，這種思想如果要表達出來，就必須借助於一定的文學形式如：散文、詩歌，或小說等。而作品中所反映的思想性，即是指體現作品主題的背後，貫穿於整部作品的最主要思想，也就是在文藝作品中所蘊含著的基本思想。儘管故事表面的敘述多麼誇張、滑稽，然該思想卻最有深度，最能感動人。

　　就如既誇張又滑稽的〈阿Q正傳〉，係以暴露中國人的國民性為主題，魯迅塑造主角〝阿Q〞之形象，幾

乎把所有主要的國民劣根性集其一身；同時也將〝趙太爺〞、〝錢太爺〞等地主之流的嘴臉、可惡，入木三分的暴露出來，然後再給予無情批判、鞭撻。魯迅對於國人的遭遇及其劣根性，真是〝哀其不幸、怒其不爭〞，這是何等痛心與無奈。就連最後阿Q不明就理的被送上刑場槍斃，他到底是怎麼死的連他自己都不知道，這是何等可悲啊！由此，中國國民劣根性之主題，便深刻的被反映出來。

可見，作者以作品為媒介，用以傳達其中心思想，以感動來說服消費者。因此，說服消費者才是我們思考布局的主要課題。故行銷上的故事撰寫，首要思考的便是針對消費者的需求來擬定主題。

B. 人物：

所謂〝人物（Character）〞，乃指角色的通稱，是敘事作品中所描繪的人。應用於行銷上的故事，係由主題、標題、人物、情節、時空、場景，以及語文等七大要素所構成。主題是小說的精神、是思想的重心，它非常抽象，若沒有情節和人物的助力，就無從展示。情節雖有莫大功能，但它只不過是事物的發展過程，它必須借助人物的動力來推動才能多彩多姿。

可見，人物是構成故事不可缺少的元素，更是故事的推動力，故事中若沒有人物，則無法引發事件，沒有

第一輯　故事行銷之撰寫

事件，其情節自然也無法展開。故每一個作家在寫故事之前，一定先得選擇布局中的人物，考慮這些人物的個性是否適當，其對人物的觀察愈細，瞭解越多，就愈能掌控，描述時就更為順手。

　　當然，並非作家所有瞭解的，都要毫不保留的寫出，有時只勾勒其重要部分，以突出其形象，比全部敘述更有意蘊，更為深刻。例如魯迅之〈白光〉小說，主角〝陳士成〞的原型〝周子京〞，論其所受的苦比魯迅筆下之陳士成要悲慘得多，他不但秀才沒考取，藏銀掘不著，連錢財也被媒婆騙得精光，最後以剪刀戳破自己的氣管，以煤油燃燒自己，再投河自盡，其死狀可謂慘不忍睹。可是魯迅卻只取一點事實的緣由而加以發揮，並綜合相關人物特點，來塑造小說中之人物形象，使其賦有〝個性〞和〝共性〞的涵義，除造就個人所獨立具有的特徵外，亦有與一般人普遍性所具有的特徵。

　　一般作家向來喜歡驚心動魄的悲劇，尤其是譴責小說如：吳沃堯《劫餘灰》裏的抽打主角〝朱婉貞〞之場面，劉鶚《老殘遊記》裏的酷吏逼刑〝魏謙〞與〝賈魏氏〞之場面，皆描寫得淋漓盡致。但這種驚心動魄的情節，未必能將主題揭露，太過暴力的場面，在現代的文明社會，也未必能感動並說服消費者，故凡事皆應以能說服消費者為依歸。

C.情節：

所謂〝情節（Plot）〞又稱故事線（Storyline），係指一個故事所包含的一連串性事件，以及這些事件之間的因果關係。小說家傅騰霄說：小說的中心是人物，它要表現出人的性格、情緒，因此就難以離開事件--即我們所談的故事……可見構成情節的時候，事件的邏輯關係非常重要。它就像一根無形的鍊條一樣，緊緊地拴住事件的各個部分，使之穩固地構成小說的框架。

又說：所謂小說的情節，實際是一系列有利於展示人物性格的大小事件連貫有序的組合。儘管其組合的方式可以千變萬化，但是在小說的事件之間卻必定有著某種邏輯聯繫。

可見，情節所指，乃是這件事的發展過程。其目的無非在展示人物性格及其主題，然故事之目的，必須藉由情節才能體現，而情節必須依附故事才能發展，兩者相輔相成，缺一不可。這就好比一幢建築物，故事就如建築架構，情節就如雕琢裝飾，作者則如設計師。建築物的風格主題，光靠建築架構是無以顯示的，必須藉由雕琢裝飾才得以體現，而要展示何種風格，則有賴設計師的規劃安排。

第一輯　故事行銷之撰寫

D.語文：

　　所謂〝語文（Language and Text）〞，乃指語言與文字。小說家周伯乃說：語言是人類的心意的記號或符號的現示〔表達〕的一種工具。無論其有無聲音，都足以傳達人心底裡的意義。如畫家的光、色、線條，音樂家的音符，甚至於舞蹈家的動作……這些都是傳達其心意，但不需要發出任何聲音，而又能呈現其真實的語言，故語言乃是一種圖式。一種記號。一種人類內在心意的表達工具。

　　英國哲學家約翰・洛克（Locke, John 1632~1704 A.D.）亦說：人雖有各式各樣的思想，而且他們自己或別人雖然可以由這些思想得到利益和快樂，可是他們底思想都是在胸中隱藏不露的，別人並不能看到它們，而且它們自身亦不能顯現出來。思想如不能傳遞，則社會便不能給人以安慰和利益，因此，人們必須找尋一些外界的明顯標記，把自己思想中所含的不可見的觀念表示於他人。

　　可見人與人之間思想的交流，心意的傳達，其最主要的工具就是語言符號，語言文字既是表達人類內在心意的一種手段，又是溝通雙方接觸的一種工具。故語言文字便成了作者與讀者間之橋梁，作者藉語言文字把自己的思想感受傳遞給讀者。

由此，一篇作品縱有再好的故事情節，若沒有配合語言的藝術，一切也是枉然。因之，語言文字運用就成了作家研究上的重要課題。誠如作家司馬中原說：小說的文字是生活語言做為重要基礎而產生的，比較廣博，生活性非常的強。作者若沒有一個鮮活的廣大生活語彙作為基礎的話，只用文字還是不夠的……這要看各種不同的事件，不同的狀況來決定。我覺得小說文字運用時，首先考慮到的該是何種事件？怎樣特定的時空。

又說：有時寫得細膩就用很多散文風的句子進去。有時要直接反映，就用一些踏實的句子加入。實在的場景就用實在的文字去寫；空靈的場景，就用虛的文字去寫，變化多端。

可見，每位作家都需以自己精深廣博的文學修養，以及個人獨特的精神稟賦，為自己鑄造一座內蘊豐富的語言寶庫，以供作品之需。尤其是語言文字的運用，更要恰到好處，現代有現代語言，古代有古代之詞句，形象不同，階層的高低，或地方性不同，均有他們的習慣用語，或區域性方言等，這一切該講究的是適當與貼切，才能創作出既有水準，又有自己特色的作品來。

3. **撰寫原則：**

故事行銷的目的，在於說服消費者，進而從口袋裡掏錢出來。因此，在撰寫時應守住如下的原則：

第一輯　故事行銷之撰寫

A.字數限制：

　　在今日的工商社會，時間就是金錢，如果一篇故事太過冗長，消費者未必願意花那麼多時間來觀賞。更何況，既是故事行銷，所能提供承載的版面，一定非常有限，甚是動態影音故事，其廣告的費用也相對提高。所以，故事行銷的字數應有所限制，最好是一千字以內，就如〝極短篇小說〞一樣，剛好是一張 A4 的 DM 版面以內最為理想。動態影音故事，則以 6 分鐘為限。當然，電視廣告必須在幾秒內完成。

B.誠懇感人：

　　故事行銷的目的，是在說服消費者，首先必須讓人感受到誠懇，對方才會相信故事的內容是真實，否則寫得再好再多，對方不相信也是枉然。再來，即是讓人讀了會感動，人為感性的動物，有了感動就容易產生共鳴，有了共鳴事情就好說。因此，只要能讓對方感受到誠懇，進而感動那就成功一半，接著共鳴後，便從口袋裡掏錢。

C.重點描述：

　　故事行銷之撰寫，必須依產品的消費族群所需做重點的描述，才能在有限的篇幅打動對方，千萬不可敘述與消費族群無關的事，就如〝咖啡〞的消費族群，故事內容只能是咖啡相關的描述，其他與該族群無關。

以上，即是故事行銷之撰寫原則，提供學習者參考，並反覆練習，熟能生巧就能掌握其撰寫技巧。

四、故事行銷的類型：

從故事行銷的角度來說，故事行銷的類型，大致有以下幾種常見的類型；

1.創業型故事：

所謂的〝創業〞，是指從無到有地打造一個屬於自己的品牌或事業體，並不侷限於特定領域或規模的大小，以創新產品、服務、經營模式等方式，解決現有問題或滿足市場需求者。而所謂的〝創業型故事〞，則是指以創業為背景的故事，來承載商品的特色，以建立優良品牌。

俗語說：「**創業維艱，守成更難。**」經營事業，不外乎資金、技術，以及人才為要件。創業只要資金就沒有太大問題，因資金可以買到技術，可以聘到好的人才。然要讓事業永續經營，卻不是一件容易的事情，放眼古今中外，並沒有一個帝國王朝或事業能永續存在，雖是如此，但至少是我們可以努力的目標。建立一個良好的品牌，是事業永續經營的必要條件；其中，所謂的〝良好品牌〞，主要是建立在產品與服務的品質上。

第一輯　故事行銷之撰寫

　　有良好的品牌，必須讓社會大眾知道，否則再好的商品，沒人知道也是枉然，沒有任何意義。要讓社會大眾知道，電視廣告是最快速，也是最有效的方法，然成本卻很高，不是一般企業/商家所能承擔。而以〝故事〞承載品牌的網路行銷，其成本非常低廉，是一般企業/商家所能負擔，其速度與效果也不亞於電視廣告，是一個不錯的選擇。而既要以〝故事〞來承載品牌，其故事自然顯得非常重要。

　　創業必須具備的條件為：

A.理想的合作夥伴：

　　確定要創業時，首先要先找理想的合作夥伴，該夥伴不是以親友為目標，而是以值得信任、志同道合、有理想性、心胸豁達，以及大家能同甘共苦者。其中，有理想性者特別重要，因有理想性者，一定有心追求理想，任何問題只要有心，便可以找到解決的方法；無心則會找一堆藉口。

B.專業的經營團隊：

　　專業的人才是經營團隊所不可或缺，善用人力資源平臺，吸引並招攬適合的人才，進而穩固團隊結構，提升整體的競爭力。

C.創新的技術與產業融合：

　　技術創新是創業成功的重要因素。因此，專業技能必須與當前的產業需求，以及未來發展趨勢的結合，並進一步研發獨創的技術(專利)或解決方案，即可大幅提升品牌的競爭優勢。

D.聚焦的市場需求與產品的差異化：

　　企業/商家的經營策略，首要深入了解目標市場，洞察消費者的需求，以開發相對應的產品或服務。並根據消費者的回饋持續改進與優化,致力於品牌的獨特定位，與競爭對手做出差異化的區隔，便能有效提升市場的競爭力。

E.穩定的資金來源：

　　資金、技術，以及人才為創業之要件，其中當以資金為首要，有了資金自然可以買到技術聘到人才。但資金並不是創業之初所需的資金而已，要能源源不斷的提供穩定的資金，支持企業/商家的發展。該資金不一定是要自有，政府有創業基金可以補助，或向銀行融資等可以參考，但絕不能借貸於地下錢莊。所以，創業者應提前制定完善的財務規劃，以確保能因應各項營運開支，並維持正常運轉，避免因資金短缺而陷入困境。

第一輯　故事行銷之撰寫

F.商品的成本控制：

利潤來自於商品售價，然售價比對手高，其市場競爭力就小；售價比對手低，其市場競爭力就大，但利潤也會隨著變少。在利潤不變的原則下，售價又要比對手低，成本控制便變成了企業/商家成敗之關鍵。

成本分為：商品材料費與製造費的直接成本，以及商品管銷費的間接成本等。商品材料費可以量制價，大量採購可以降低成本，但要冒資金囤積與生產過剩的問題；商品製造費則盡可能自動化，自動化設備雖要先投入一定的資金，卻可降低相當的成本，在人工非常昂貴的現在，商品製造自動化是一個不錯的選擇；商品管銷費包含：人事成本、銷售成本、廣告成本，以及辦公室租金、水電等費用，該等費用的控制端看經營者的能耐。

G.持之有恆與專注營運的心態：

創業，尤其是經營，是一條很漫長的旅程，需要持之有恆的專注每個階段的穩定發展，而非一味追求短期的高利潤，如此才能讓事業體永續經營。

2.傳播型故事：

所謂的〝傳播〞，是指將訊息以文字、聲音，以及影像等方式，透過不同媒體的管道，如新聞、電視、電影、

行銷、廣告、動畫、遊戲，以及網路等，傳達給社會大眾或特定族群，以期達到各種資訊的公共流傳。而所謂的〝傳播型故事〞，乃以故事承載特定用於傳播流通的內涵，使企業/商家了解以故事行銷的低成本、快速而有效的特色，以促進企業/商家採用故事行銷的方式，來行銷商品，並建立優良品牌。

3. 歷史型故事：

所謂的〝歷史〞，是指人類社會過去的事件和行動，以及對這些事件行為有系統的記錄與詮釋研究。歷史可提供今人理解過去，作為未來行事的參考依據；而所謂的〝歷史型故事〞，則是指以歷史事件作為背景的故事，來承載商品的特色，以建立優良的品牌，進而使該品牌能歷久彌新。

4. 風格型故事：

所謂的〝風格〞，係泛指事物的格調、風度、品格，以及特色等。也就是具有獨特於其他人的表現，打扮，行事作風等行為和觀念。在文學創作中，風格是指其表現出來的一種帶有綜合性的總體特點。而所謂的〝風格型故事〞，則是指具有企業/商家獨特表現的故事，來承載商品的特色，以塑造自己的風格，走差異化路線，讓消費者只要一想到某種風格，就會馬上想到這個品牌。

第一輯　故事行銷之撰寫

5.細節型故事：

　　所謂的〝細節〞,是指事物或事情中的具體細微部分,相對於整體而言,它強調注意事物中的細小方面,揭示事物的真相或本質。而所謂的〝細節型故事〞,則是指以企業/商家細節表現的故事,來承載商品的特色,以達到見微知著的效果,讓消費者看到這個細節,就能感受到企業/商家的品牌形象。

6.相關型故事：

　　所謂的〝相關〞,是指彼此的關連,互相牽涉。即事物或信號之間的共享關係或因果關係。而所謂的〝相關型故事〞,則是指以商品相關的故事,來承載商品的特色,並與消費者需求緊密結合起來,加強二者之間的雙向溝通,通過建立聯繫,實現品牌的目的。

　　以上,所說明故事行銷的類型,乃在於提供企業/商家在撰寫故事時,應注意本身所屬的類型,並針對該類型撰寫的重點為之。有關各類型故事的撰寫,可以參考〈第二輯　故事行銷之範例〉。

故事編撰技巧

第二輯 故事行銷之範例

一、LV 的故事
二、守候咖啡的故事
三、守護薑黃的故事
四、答錄機裡女兒的故事
五、20 號的舒芙蕾故事
六、讀書改變命運的故事
七、韓金婆婆豆腐酪的故事
八、大師兄蛋捲的故事
九、魚羹的故事

故事編撰技巧

本單元故事行銷之範例，包含：LV的故事、守候咖啡的故事、守護薑黃的故事、答錄機裡女兒的故事、20號的舒芙蕾故事、讀書改變命運的故事、韓金婆婆豆腐酪的故事、大師兄蛋捲的故事，以及魚羹的故事等九個範例。茲說明如下：

一、LV的故事

海底深處--LV行李箱

1.行銷目的：

本故事發生於1912年，沉沒於北大西洋英國皇家郵輪〝鐵達尼號〞的真實事件，經由加拿大電影製片人詹姆斯‧法蘭西斯‧卡麥隆（James Francis Cameron）的改編，《鐵達尼號》電影終於1997年在美國首映，並獲得第70屆奧斯卡金像獎中11座獎項，而成為家喻戶曉如史詩般的浪漫災難電影，不知賺進多少人的眼淚。

本故事以該事件為背景，行銷LV行李箱的品質，是工匠們用心呵護並細心打造出來的商品，對於工匠或你我都是滿懷情感，看完這故事會想讓LV陪伴我們走天涯！

第二輯　故事行銷之範例

2.故事內容：

　　1912 年 4 月 10 日，世界上最大的皇家郵輪〝鐵達尼號（RMS Titanic）〞展開首航，載著頂級富豪，以及想到美國尋找新生活機會的平民百姓，從英國南安普敦航向美國紐約。途中發生船底撞擊冰山後沉沒的嚴重災難，導致船上 2,224 名人員中有 1,514 人罹難，成為近代史上最嚴重的船難。

　　在經過近一個世紀的 1985 年，前美國海軍羅伯‧巴拉德率領團隊在 3,784 公尺的海底深處，發現了鐵達尼號殘骸，船內成千上萬的文物被取出，並在世界各地的博物館中展示。其中，有一〝Louis Vuitton(LV)的行李箱〞內部竟毫無進水！成為所有文物中唯一沒壞的奇蹟。

二、守候咖啡的故事

咖啡的原鄉--古坑的傳說故事

1.行銷目的：

　　行銷雲林縣古坑鄉的咖啡，並教育咖啡的知識，尤其是被一般民眾誤解古坑鄉的咖啡為商業豆。〝商業豆〞與〝莊園豆〞的價錢，差異非常大，商業豆一磅 300 元以下；莊園豆一磅 3,000 元以上，甚至上萬不等。古坑鄉的咖啡，是道地的莊園豆，一磅 1,200 元上下，卻被消費者嫌貴。可見，要推廣古坑鄉咖啡，必先教育消費者。

2.故事內容：

　　　　　　你的出現，帶來了濃香；

　　　　　　我的沉醉，起緣的辛酸。

　　　　　　你的離開，徒留了楚苦；

　　　　　　我的守候，盡情的回甘。

　　　　　　咖啡的季節，又來了！

　　　　　　你是否還記得！

第二輯　故事行銷之範例

　　雲林古坑華山山脈的頂端，有一處種滿咖啡的莊園，這裡地處偏僻，人煙稀少，還未曾受到文明的薰染，一切依舊樸實自然。女主人是一位白髮多於黑髮的阿婆，她臉上紋路雖清晰，仍掩蓋不了書香的氣息。莊園的視野非常好，尤其是黃昏的時候，映出紅通通的汪洋，更讓人有著無限的遐思；金黃色的晨曦，灑滿層層山巒也很讓人懷念。阿婆總喜歡坐在石頭上，依偎身旁的兩棵松樹，雖看著落日餘暉，卻也常陷入沉思。據阿婆說，這兩棵松樹名為夫妻樹，是她戀人離開時所種，意為生生世世相互扶持，互相守護。如今伊人仍然未回，阿婆依舊為他守候這一片咖啡園，心裏堅信總有一天……。

　　〝木村〞揮別〝月雲〞，心裡雖然很不捨，但他必須回去覆命。三年前，他奉日本天皇之命，來臺灣尋找種植咖啡的環境。他引進阿拉比卡種，並花一年的時間，由北到南不斷的尋覓與嘗試，終於找到正值北回歸線上的古坑，其華山山脈為南北走向，山坡最適合咖啡的半日照，尤其是每日清晨的露水，更能滋潤咖啡的成長，配合土壤及海拔高度，造就古坑在地的獨特風味。當木村為天皇遠遠端來一杯黑咖啡時，濃郁的香氣，就令人陶醉；天皇品嚐一小口，含在嘴裡，苦中帶點酸味；喝下後便有漸漸回甘的感覺，這種不同層次的享受，讓他直稱讚！天皇好奇的問道：

　　「洋人進貢的咖啡，向來是香、酸、苦、澀、甘，

尤其是讓我心悸最討厭；為何古坑咖啡沒有澀味，也不會心悸。」木村稟告說：

「澀味與心悸，是未成熟的綠色咖啡豆所造成。古坑咖啡因小面積種植於山坡地，一定要用人工採收成熟的紅色咖啡豆；而洋人咖啡是大面積種植於平原，全用機器採收，所以不管是紅色綠色全被打下來，一起烘焙。至於酸味，可靠烘焙的淺、中、深過程來控制，越淺焙酸味越濃，越深焙酸味越淡，甚至完全去除，但有些人反而喜歡它的存在。」天皇聽了非常滿意的特封古坑咖啡為〝御用咖啡〞，屬於世界極品。

木村交差後，隨即要求回臺灣照顧咖啡園，一則可源源不斷的供給天皇，二則可履約與戀人廝守，但天皇有意栽培這位年輕人，特派他去治理廣島，沒想到美國卻在廣島投下原子彈，木村生死未卜。月雲不顧歲月的無情，依舊為他守候這一片咖啡園，心裏仍然堅信總有那麼的一天……。

第二輯　故事行銷之範例

三、守護薑黃的故事

薑黃的原鄉--薑黃坑的傳說故事

1.行銷目的：

　　自從〝薑黃〞被醫學證明對人體具有多項好處後，多家生技公司便大量收購並加以提煉，由此各地如雨後春筍，大量植栽薑黃。可惜！這波行情，薑黃的原鄉--羌黃坑社區並未沾利，反而被邊沿化，甚至荒廢休耕，實在可惜！本故事行銷之目的，即在於行銷臺南市南化區玉山里羌黃坑社區的薑黃，使其再現往日的風華。

2.故事內容：

　　　　飄飄雲霧湧翻中，渺渺山巒各不同；

　　　　漾漾金光烘倍趣，懋懋霞焰映坑紅。

　　臺南南化水庫旁，有一處種滿〝薑黃〞的社區，每當夏季來臨時，薑黃花總是相互爭豔，尤其是天澔與涵汝墳園的薑黃花，開得特別美麗，卻也隱約一股幽幽的愁緒。這裡山明水秀，遠離塵囂，一切顯得樸實而安寧。

　　相傳在臺南府城,有一戶姜姓人家,是地方的望族,姜老爺晚年得女，取名姜涵汝；在姜府對角的中藥行，黃大夫也同時得子，取名黃天澔。這對情牽前世，緣定

今生的戀人，冥冥之中已然註定為後世，寫下一頁不朽的傳說。

　　涵汝是父母的掌上明珠，從小聰慧靈巧，尤其是那雙眸，總是帶著一絲絲憂愁，讓人很不捨的想呵護她一生；而天澔也是聰穎過人，膽識兼備。兩小無猜，青梅竹馬。隨著歲月如斯，轉眼間，涵汝已然十六，亭亭玉立、賢淑優雅，琴棋書畫更是精通，不知有多少富家官宦子弟，拜倒石榴裙下，然涵汝不屑一顧，顯然芳心已暗許。而天澔雖有些粗曠，卻談吐儒雅，盡得其父醫術的真傳，雖有官拜尚書的蔡大人，有意推薦為宮廷御醫，並收為女婿，然天澔不為所動，顯然是情有獨鍾。兩人已然從玩伴的情感，逐漸轉為情韻悠悠，含情脈脈的另一種喜歡，這樣怦然心動的感情，在彼此心中暗自芬芳，雖無山盟海誓，卻願生死相隨。

　　誰知！上天總是忌妒人間的完美，府城爆發惡疾，蔓延之速有如風馳雷掣般，一發不可收拾，城裡許多人都遭逢此疾並迅速死去，涵汝也不幸罹病，命在旦夕。天澔不眠不休的查遍醫書，終於找到一味解藥，栽植於百哩外的塊莖激辛物，可以治療此疾。根據《中國藥典》記載：「薑黃味辛、苦，性溫，能入人體脾、肝經；有破血行氣、通經止痛、活血化瘀之效。」傳說中，長期使用它能抗氧化與發炎、預防心血管疾病與糖尿病、降低膽固醇、抑制肥胖、阿茲海默症、腸胃道潰瘍、幽門桿

第二輯　故事行銷之範例

菌感染、關節炎、憂鬱症，以及抗癌症等功能，是很好的保健食品。採挖後洗淨，除去細根，切厚片而後曬乾再磨粉（以奈米技術磨成粉，人體吸收效果最好。）其呈黃色粉末狀即可入藥，加入這味藥引，方能使所有的藥性發揮最極致，達到藥到病除的作用。

天澔便帶著家丁前往，一行人走了三天三夜，忍住長途跋涉的辛勞，快速的開採此藥，心中卻不斷的吶喊：「阿汝！妳要堅持下去，等我……，眼角也閃出了淚光！」他們揹著幾簍塊莖激辛物，加快腳步的回到省城。天澔將其塊莖切片曬乾並磨成粉狀入藥後，趕緊分送給省城居民食用，不消幾日，惡疾終於獲得控制。但很不幸的是，涵汝並未等到天澔的解藥，在前一天就已消香玉殞，真是晴天霹靂，情何以堪！

天澔面帶憔悴，獨坐靈前，撫琴一首，哀哀悽悽，聲淚俱下。數日後，家人發現他倒臥在房內竟已氣絕，案上筆墨未乾，書寫著「勿忘今生情緣，來世縱有萬難--永相隨……」的字樣。姜府和黃府將二人合葬於產塊莖激辛物處，藉此成全彼此情摯愛濃的依戀。隔年的春天，墳園竟冒出了新芽，不久便長成一片藥草綠地，像是兩人共同守護省城居民生命的健康。

省城居民就將這味救命藥草命為〝姜黃〞，以紀念兩人堅定不移的愛情，以及黃天澔出城尋找藥草救人的恩

德,村民也把這個地方稱為〝姜黃坑〞。後來〝姜〞字逐漸被同是薑科植物之「薑」字所取代,流傳至今,就是我們現在所知的〝薑黃〞。

「勿忘今生情緣,來世縱有萬難--永相隨……」雋永的愛情故事,辛了你的眼、苦了你的舌,就像薑黃一樣,守護著你的健康,不離、不棄。

第二輯　故事行銷之範例

四、答錄機裡女兒的故事

珍惜身邊人--因為一但沒了就真的……沒了～

1.行銷目的：

　　本故事非行銷產品，而是行銷觀念。我們常忽視所擁有的，而在意所沒有的，卻不知所擁有的一旦失去，就真的沒了！生命短暫，珍惜身邊人，人生才不會有遺憾！

2.故事內容：

　　2013年秋末，安東村裡住著一戶人家，這戶人家裡住著一對王氏老夫妻，老夫妻倆育有兩個兒子、一個女兒，且三名子女皆到外地工作求學。老婆婆在三年前，因心肌梗塞而離開人世，自妻子過世後，老公公心中最掛念的便是小女兒曉萍，因此時常撥電話關心小女兒，但電話那頭回應的始終是電話答錄機。一日老公公再度撥電話給小女兒……嘟－嘟－嘟－（電話接通聲）曉萍：「你好！我是曉萍，很抱歉我此刻無法接聽你的電話。請在嗶聲後留言,我將於聽到留言後回覆,謝謝！」（嗶）

　　老公公：「兒啊～爸爸沒事兒，只是想妳了。最近過得好嗎？天冷了，身子穿暖沒？有沒有按時吃飯？別餓著了！」每當老公公向兩個兒子問起小女兒的事時，兒

子們總是告訴父親:「爸爸！妹妹工作忙碌,等她有空閒時肯定回來見您的。」

2014年年初,老公公因身體不適到醫院做了全身健康檢查,檢查後醫生告知老公公一個噩耗,說老公公得了腸癌末期。老公公知道自己得了癌症後,心裡除了更加想念小女兒外還受病痛折磨,雪上加霜,導致病情急轉直下,癌細胞從腸擴散到骨頭甚至全身。醫生看老公公身體越來越不適,時常陷入昏迷狀態,因此對老公公的兩個兒子發出病危通知,老公公也因此從普通病房移轉到安寧病房。

幾個月過去,季節來到了秋天,原本翠綠的樹葉漸漸轉紅,此時的老公公因受病魔摧殘身體越來越虛弱,已無法站立行走,躺在病床上奄奄一息的老公公經常獨自一人兩眼無神的望著窗外。一日午後,老公公如同往常獨自一人待在病房裡,撐著疲累的雙眼望著窗外,腦中忽然回想起過去與小女兒生活的點點滴滴,感傷不禁湧入心頭說:「兒啊～爸爸沒事,只是想妳了。在『天上』的妳一切都好嗎？天冷了,身子穿暖沒？有沒有按時吃飯？別餓著了！」

此話碰巧被正站在病房門外的小兒子聽見,老公公的小兒子這才驚覺原來父親早已知道妹妹離開的消息,父親只是故作不知情,努力假裝堅強來壓抑心裡的難過。

第二輯　故事行銷之範例

而當父親想念小女兒時，就會撥電話給小女兒，希望能透過小女兒在電話答錄機裡錄製的聲音，來欺騙自己小女兒還活著，以撫慰心裡對小女兒想念。當晚，老公公便在兩個兒子的陪伴下，一臉安祥的離開人世。

　　人生苦短，切記不要成天埋怨身邊所沒有的。必須珍惜身邊所擁有的人、事、物，因為一但沒了就真的……沒了～[1]

---

[1] 選自筆者學生李宜臻的期末報告。

故事編撰技巧

五、20號的舒芙蕾故事

咖啡屋--20號的舒芙蕾

1.行銷目的：

　　本故事以兩人愛情為背景，以 20 號的舒芙蕾為主軸，行銷不知名的咖啡屋，以提高其知名度，進而使消費者慕名而來。

2.故事內容：

　　在幸福街的轉角，有一間咖啡屋，靜靜地座落在社區的街口，長春藤爬滿斑駁的磚牆。這座咖啡屋沒有醒目的招牌及名字,只有空氣中時常瀰漫著甜甜的蛋糕香，及咖啡和茶葉的味道。咖啡屋的老闆是一位有點年紀的法國爺爺，如同沒有招牌的店一樣，也沒有菜單，三五個文青青就隨意坐在咖啡屋的沙發上，只要你走進咖啡屋坐下來，老闆就會端上當日的特餐。有時是咖啡、蛋糕，有時是果汁或紅茶、小西點等等，餐點都是依照老闆當天的心情來製作。

　　這座咖啡屋的特點不只是這樣，在每個月的 20 號，有一道被人稱為神秘〝20 號的舒芙蕾〞，當天的餐點固定都是 2 杯伯爵紅茶跟一個舒芙蕾蛋糕，因為舒芙蕾的做法特殊，老闆又提高其蓬鬆度，使得製作更加困難。

第二輯　故事行銷之範例

舒芙蕾是製程繁雜費時的法式甜點，主要以雞蛋及牛牛奶製成，在烘烤過程中會高高澎起，出爐上桌後接觸到冷空氣就會逐漸塌陷，往往令人措手不及，惆悵萬分，因此舒芙蕾又有稍縱即逝的美味之稱。無名咖啡屋的舒芙蕾口感層次豐富，外層糖霜爽脆，內部輕柔飄然，入口後幾乎消失無蹤，只留下濃厚奶蛋香和無限回味的思緒。因為是限量供應，因此 20 號的舒芙蕾讓許多人慕名前往。

關於 20 號舒芙蕾的秘密由來眾說紛紜，有人說老闆是為了孫子而製作，也有人說是為了死去的愛人。總之，也沒有人真的去問老闆，所以這個 20 號的舒芙蕾也就成為大家都知道，但卻不知道意義的秘密了。在距離現在大約 30 年前，身為法國人的老闆，因緣際會在飛機上遇到一位美麗的空姐，兩人互有好感，於是互相留了聯絡方式。當時的老闆正要前往世界各地學習製作甜點。在老闆留學的過程中一直與空姐保持聯絡，漸漸的兩人產生了愛情火花。老闆在要學成歸國時向空姐提出交往，並做了法國知名的舒芙蕾蛋糕，向空姐表達愛意。兩人人透過寫信，交往了一段時間。但是好景不常，礙於遠距離戀愛的隔閡，兩人都漸漸地忙於工作，也漸漸的斷了聯繫。

數十年過去，兩人都有了自己的家庭，但在各自的心中，一直沒有忘記對方。老闆在法國的蛋糕店退休，

開始環遊世界，在各地旅遊。在他到臺灣來旅遊時，意外地踏進這間咖啡屋，更令人訝異的是這間店是當初那位空姐退休後所經營。兩人都訝異這樣奇蹟般地再會，為此天性浪漫的老闆認為這就是註定的緣份，便再次努力的追求空姐，並決定定居於此。剛開始空姐並不接受，雖然各自的伴侶都已經去世很久，但還是兩個不同的家庭。

　　後來空姐的年紀大了，漸漸地無法繼續經營，於是變賣了咖啡屋的經營權。沒想到老闆便掏出老本將咖啡店頂了下來，而且在每個月他們相遇的 20 號，他都在店裡擺上當初相遇的特製舒芙蕾與紅茶，一直等待空姐再次光臨。雖然聽到這裡，他們的愛情故事，看起來也不是如同童話故事般的幸福快樂，但也不必擔心。因為在每個月的 20 號，總會有一位奶奶，靜靜地坐在吧臺，與老闆分享那道 20 號的舒芙蕾。也許，只要你也在 20 號當天經過，轉個彎繞進咖啡屋，你也能參與這篇沒有寫完的愛情故事。[2]

---

[2] 選自筆者學生張乃云的期末報告。

第二輯　故事行銷之範例

六、讀書改變命運的故事

讀書--可以改變命運

1.行銷目的：

　　本故事非行銷產品，而是行銷觀念--讀書可以改變命運。故事中的主角是一位女教師。平時的她，雖人來瘋，點子天馬行空，周末返家時間一到，她便成了獨行俠，不知遊歷到哪兒去，我只以為她愛玩、不愛回家……她是嘉義縣103學年度優良教師的得主。

　　故事透過主角的坎坷命運，與堅持讀書可以改變命運的信念，讓她的命運得以翻轉，以鼓勵青年學子努力向上，尤其是那些從小就被輕視、譏笑的孩子，樹立了一座燈塔。

　　也許，感動你我的故事，不需要遠求，跟身邊的人聊聊天，你將會發現原來激勵人心的典範就在眼前。

2.故事內容：

　　她站在領獎臺上，昂首挺胸與縣長合照，手中的獎狀，代表她這十年來在工作上的努力。一開始踏入職場，萬事都新鮮，每個挑戰都是個有趣的小關卡，但過了蜜月期，到重新分配組內業務工作時，她發現別人的業務是長官千萬拜託下，大家勉為其難承接的，而她的業務，則是眾人搶食完剩下的，如果要拒絕，還要跟長官說明

理由。她不想被看輕,也不願裝弱,從此走上平日爆肝,周末加班的日子,但是今日站在領獎臺上的,是她!

父親說:「沒有考上公立大學就去工廠做女工。」16年前,外公陪著她從車站走了快一個小時到學院參加第二關的口試,中午只有發霉的麵包果腹,考完再走一個小時回車站搭公車回家;別的考生都是父母親自接送,全家出動、呵護備至,還有熱騰騰的便當可以吃,想來不勝唏噓。

她從小就是外公、外婆和阿姨帶大的,她有父母也在同一個村落,但卻只帶著弟弟一起生活。她生活自理、學習自理,陪伴的是外公、外婆對她精神上的無限支持。從小反骨的她,因為高中老師在全班面前說她絕對考不上大學,加上父母的態度,這些生命中的不完美,反而造就了不服輸的她!

回想小時候,臍帶繞頸卻沒窒息,硬是熬到足月出生,也許上天留下了這條命,有其意義在吧!果不其然,她通過了學院的考試,沒有到工廠做女工,公費念完大學,而且在自己的家鄉任教。這份工作不至於大富大貴,但自食其力生活也不虞匱乏。

遇到生命中的另一半,她感謝父母的不囉嗦,只花50元換身分證。沒有婚紗照、沒有金子、沒有喜餅、沒有禮俗、沒有擇日、沒有宴客,重點是也沒有收同事的

第二輯　故事行銷之範例

互助金。同事都覺得虧大了，但她想要的只是真心的祝福，不是要回收紅包。在兩家人都不表贊同，甚至極力反對的情況下，他們悄悄的〝裸婚〞，自己買了一間小窩，自己動手裝潢，自己安排蜜月旅行，前面的風風雨雨一度讓她以為在機場就會離婚了。

沒想到結婚之後，老公更愛家與顧家，對於她的工作及進修給予極大支持，除了分擔她的喜悅與低潮，也常在自己休假時，到她任教的學校擔任義工，帶給孩童歡樂；而她，也不因為在職場上的工作吃重，澆熄了自己當初的熱情，她一邊工作一邊到研究所進修，並且不辭辛勞到全臺各地參加與教學有關的研習會，也經由閱讀與分享，從新走過自己童年的旅痕，為的是能夠帶給孩子更多元、更豐富與正向的學習視角。她說：「以我自己的經驗，孩子有無限的潛能，在結果出現之前都不該給予這個孩子評價。其實一枝草一點露，生命會找到出口，他總會找到自己的路，我們需要做的，就是給他前進的動力、勇氣及能力，以及一顆永不放棄的心！」

讀書，改變了她的命運。透過不斷的學習與成長，也正在改變她班上孩子的將來。在她獲獎的這一天，用的是外公的姓，自己取的名，過去的名字已經成為歷史，今天他要以外公驕傲的名字而活著![3]

---

[3] 選自筆者學生曾依雯的期末報告。

七、韓金婆婆豆腐酪的故事

韓金婆婆豆腐酪的故事--在這裡找到生活的感動

1.行銷目的：

　　本故事發生於臺南，係行銷豆腐酪的商品。故事敘述臺灣早期的農業社會，一位勤儉的臺灣阿嬤，如何靠著一位日本師傅所贈予的秘方，製作清爽不膩、細緻綿密口感的豆腐酪，養活一家人。年邁臥病在床後，么女為報答母恩，毅然傳承母親的重擔，並投入豆腐酪的創新，使生意欣欣向榮。

　　每當消費者吃起豆腐酪時，除清爽不膩、細緻綿密的口感外，還帶著滿滿的母愛，重新賦予豆腐酪的新生命，讓人感動不已，並以故事行銷方式，流傳於小吃店，造成轟動，業績翻倍成長，是一個很成功的案例。

第二輯　故事行銷之範例

2.故事內容：

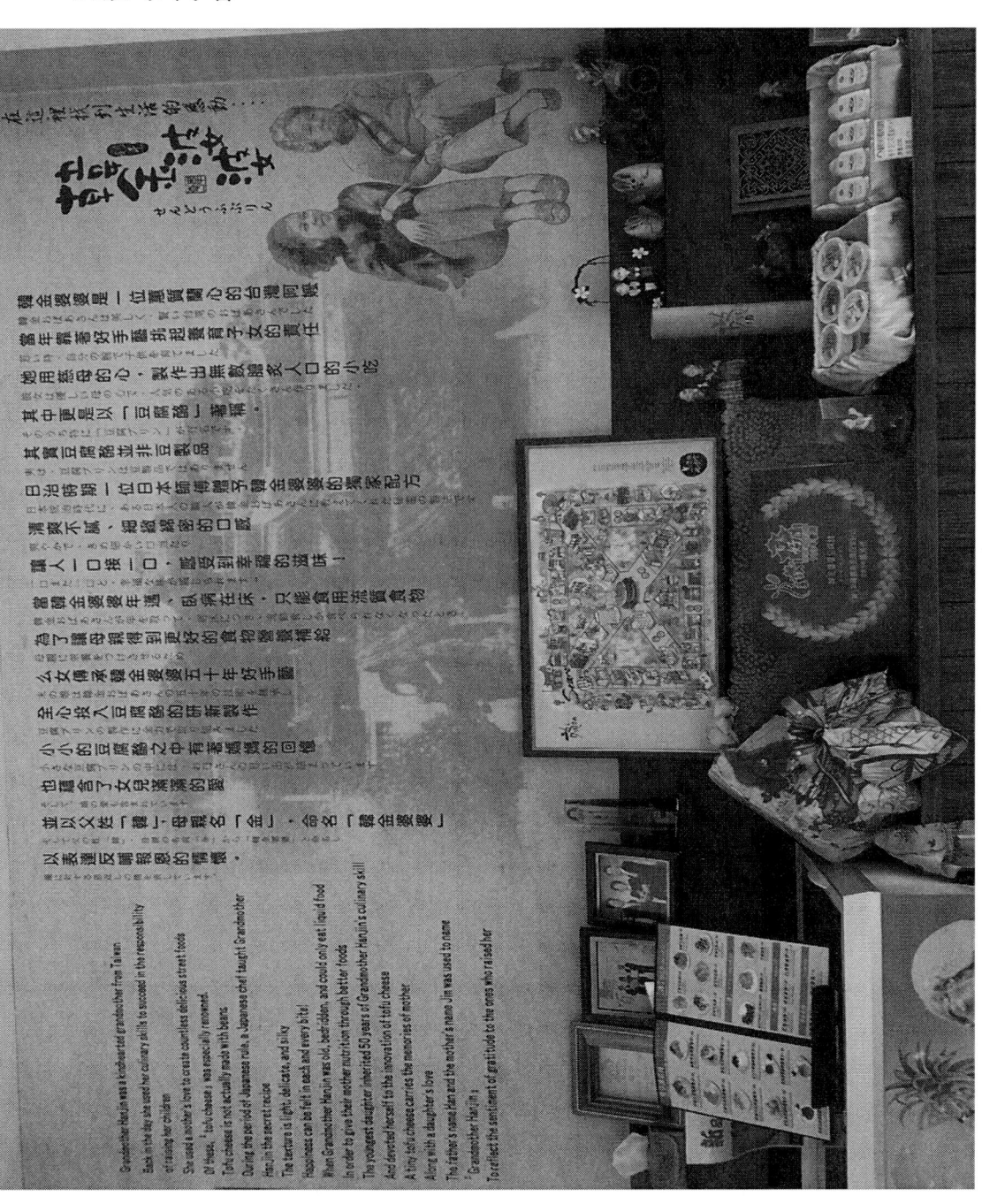

韓金嬤嬤是一位善良關心的台灣阿嬤
當年靠著好手藝扛起養育子女的責任
她用慈母的心，製作出無數膾炙人口的小吃
其中更是以「豆腐酪」著稱。
其實豆腐酪並非豆製品
日治時期一位日本師傅贈予韓金嬤嬤的獨家配方
清爽不膩、細緻綿密的口感
讓人一口接一口，感受到幸福的滋味一
韓金嬤嬤年邁，因病無法咀嚼，只能食用流質食物
為了讓母親得到更好的食物營養補給
么女傳承韓金嬤嬤五十年好手藝
全心投入豆腐酪的創新製作
小小的豆腐酪之中有著濃濃的回憶
也傳承了女兒濃濃的愛
並以父姓「韓」-母親名「金」命名「韓金嬤嬤」
以表達對雙親感恩的情懷。

Grandmother Hanjin was a kindhearted grandmother from Taiwan.
Back in the day she saved her culinary skill to succeed of the responsibility of raising her children.
She used a mother's love to create countless delicious street foods of House, Tofu cheese, was especially renowned.
Tofu cheese is not actually made with beans.
During the period of Japanese rule, a Japanese chef taught Grandmother Hanjin the secret recipe
The texture is light, delicate, and silky
Happiness can be felt in each and every bite!
When Grandmother Hanjin was old, bedridden, and could only eat liquid food
In order to give their mother nutrition through hattier foods
The youngest daughter inherited 50 years of Grandmother Hanjin's culinary skill
And devoted herself to the innovation of tofu cheese
A tiny tofu cheese carries the memories of mother
Along with a daughter's love
The father's name Han and the mother's name Jin was used to name "Grandmother Hanjin."
To reflect the sentiment of gratitude to the ones who raised her

八、大師兄蛋捲的故事

大師兄蛋捲的故事--一雙粗糙的手一顆堅定溫暖的心

1.行銷目的：

　　本故事發生於臺南，係以故事來行銷蛋捲的商品。故事敘述一位退伍軍人，如何用一雙粗糙的手，一顆堅定溫暖的心,與小師妹共同奮鬥,創造屬於自己的事業，以手工來製作蛋捲，承載著兩人的幸福味道。

　　後小師妹因故離去，大師兄沒有因人生的悲歡離合而放棄，依舊堅持用一雙粗糙的手，一顆溫暖的心，並帶著那份永不變幸福的回憶，分享那幸福的蛋捲。

　　每當消費者吃起蛋捲時，總有一份幸福，還帶著一絲絲淒涼的味道，就如甜中帶點酸，讓人回味不已。該故事重新賦予蛋捲的新生命，並以故事行銷方式，流傳於小吃店，造成轟動，業績翻倍成長，也是一個很成功的案例。

2.故事內容：

九、魚羹的故事

臺南--魚羹的故事

1.行銷目的：

本故事發生於臺南，係以故事來行銷魚羹的商品。故事敘述明朝嘉靖年間，宮中御廚郭欣因遭奸人所害，只有女兒郭儀蓉先逃到中山驛而免於難。後經投宿店家的收留，讓她在廚房幫忙，她便拿出繼承父親的好手藝，尤其是魚羹湯，一展身手，後經明世宗公主朱彤的肯定與讚賞，而大受歡迎。

該魚羹湯後來便在福州流傳，並由福州來臺的伙頭軍傳承，在廟口擺攤賣起魚羹湯而頗受歡迎，逐漸成為臺南府城人的習慣，建立了「魚羹湯清澈如水，色鮮味純」的準則。

每當消費者吃起魚羹湯時，總有一份清淡又充滿海鮮的味道，讓人齒頰留鮮，並以故事行銷方式，流傳於小吃店而頗受歡迎，亦是一個成功的案例。

第二輯　故事行銷之範例

2.故事內容：

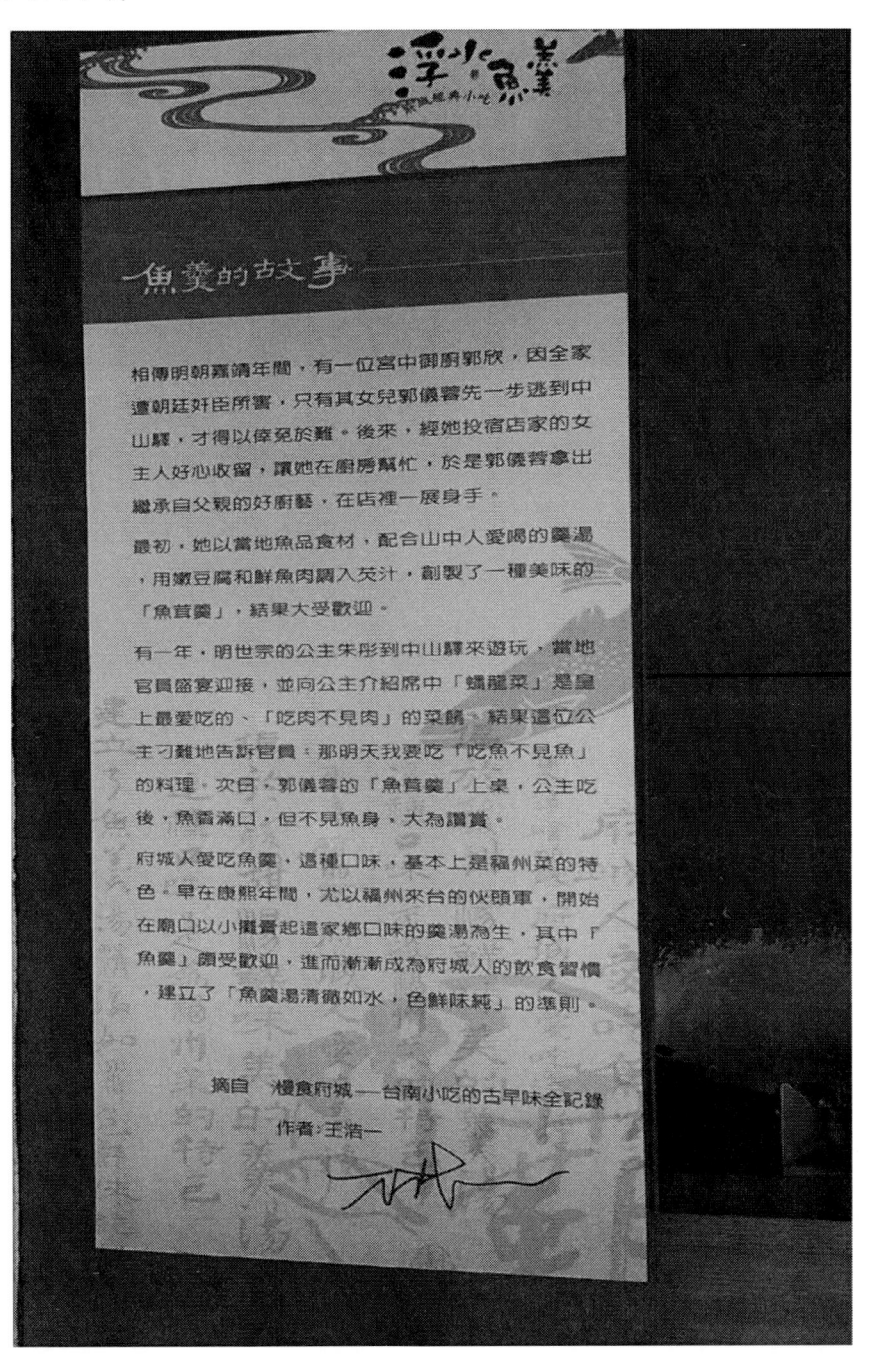

魚羹的故事

相傳明朝嘉靖年間，有一位宮中御廚郭欣，因全家遭朝廷奸臣所害，只有其女兒郭儀瑩先一步逃到中山驛，才得以倖免於難。後來，經她投宿店家的女主人好心收留，讓她在廚房幫忙，於是郭儀瑩拿出繼承自父親的好廚藝，在店裡一展身手。

最初，她以當地魚品食材，配合山中人愛喝的羹湯，用嫩豆腐和鮮魚肉調入芡汁，創製了一種美味的「魚茸羹」，結果大受歡迎。

有一年，明世宗的公主朱彤到中山驛來遊玩，當地官員盛宴迎接，並向公主介紹席中「蟠龍菜」是皇上最愛吃的、「吃肉不見肉」的菜餚，結果這位公主刁難地告訴官員：那明天我要吃「吃魚不見魚」的料理。次日，郭儀瑩的「魚茸羹」上桌，公主吃後，魚香滿口，但不見魚身，大為讚賞。

府城人愛吃魚羹，這種口味，基本上是福州菜的特色。早在康熙年間，尤以福州來台的伙頭軍，開始在廟口以小攤賣起這家鄉口味的羹湯為生，其中「魚羹」頗受歡迎，進而漸漸成為府城人的飲食習慣，建立了「魚羹湯清澈如水，色鮮味純」的準則。

摘自　慢食府城——台南小吃的古早味全記錄
作者：王浩一

故事編撰技巧

　　以上，便是以故事行銷之範例，以作為學習者實務撰寫的引導，並能加一點創意，使故事更為感人，是為學習者所應努力的方向，因感人的行銷故事，是商品品牌建立的關鍵要素。

第三輯 故事行銷之推廣

一、網路策略

二、促銷策略

三、服務策略

故事編撰技巧

推廣是產品行銷中的一個重要因素，價格、推廣、通路，以及配銷，是營銷組合中之4P，是賣家與買家之間的訊息連結，其目的在於提供買家有關產品的相關訊息，並設法去影響或說服買家購買賣家的產品。傳統的推廣方法，大致採取：人員行銷、廣告、促銷活動、直效營銷，以及公共關係等五個方式。然此等推廣方式需相當高的成本，尤其在網路興起後，便顯得落伍。

對於品牌或產品來講，推廣的目標，就是要讓客戶願意尋找商家，以及容易找到商家。因此，品牌推廣就是品牌影響力的樹立與維護過程中的重要環節，能夠充分表現企業的價值。故事行銷之推廣方式有很多，網路策略、促銷策略，以及服務策略等三個面向，皆不失為一個好方法。茲說明如下：

一、網路策略，通過網路進行推廣：

網路策略係通過互聯網，對自家的品牌或產品進行推廣，可以幫助企業的品牌在互聯網上得到支持。能夠幫助迅速的在互聯網上樹立良好的企業形象，以及通過一系列的推廣措施，有利於使企業的品牌得到認可。網路進行推廣要比傳統的推廣方式好、速度快，宣傳成本也比較低。

通過網路進行推廣，也就是網路行銷，它通過電子

第三輯　故事行銷之推廣

媒介，如網路、社交媒體、郵件、移動應用程式等，來推廣產品或服務，以增加銷售、建立品牌知名度等的行銷活動。

網路行銷的方式很多，主要有：

1. **搜尋引擎最佳化**（Search Engine Optimization 簡稱 SEO）：

　　它是透過了解搜尋引擎的運作規則來調整網站，以及提高目的網站在有關搜尋引擎內排名的方式。消費者在搜尋時，往往只會留意搜尋結果最前面的幾個條目，所以網路行銷者都希望透過各種形式來影響搜尋引擎的排序，讓自己的網站可以有優秀的搜尋排名。

　　因此，網路行銷必須針對搜尋引擎作最佳化的處理，讓目的網站更容易被搜尋引擎所接受。該引擎會將網站彼此間的內容做一些相關性的資料比對，然後再由瀏覽器將這些內容以最快速且接近最完整的方式，呈現給搜尋者。也就是通過搜尋引擎的規則進行最佳化，為使用者打造更好的體驗。

2. **搜尋廣告**(Search Engine Ads 簡稱 SEA)：

　　目前，主要的**搜尋廣告**，大致有：Google Ads、Facebook Ads、LinkedIn Ads、YouTube Ads、Yahoo Ads、Amazon Advertising Ads、Instagram Ads、Twitter

Ads、TikTok Ads 等。其中，以 Google Ads 是全球最受歡迎的搜尋引擎之一，每天使用 Google 搜尋流量近 3 億次，每月則高達近千億次。無論我們要做什麼、去哪裡，或買什麼東西，都離不開 Google，它已成為我們日常生活中不可或缺的存在。企業可以透過在 Google 上進行優化推廣，便可容易被搜尋到，進而展示品牌和產品，以增加業績的成長。

使用 Google Ads，可以有以下的效果：

A.Google Ads 是一種廣告工具，它能讓企業或個人，在 Google 上廣告產品或服務。

B.Google 是世界上最大的搜尋引擎之一，可以讓更多人看到企業或個人的廣告

C.企業或個人，可以選擇特定的人群，如地區、年齡和興趣，讓廣告只顯示給有興趣的人，以達到特定目標的客群。

D.Google 會根據用戶點擊廣告的次數，或廣告曝光的次數，向廣告主收取相關的費用。

E.企業或個人，也可以設定每天花費的預算，使經費得以控制。

第三輯　故事行銷之推廣

3.搜尋廣告類型(Search Ad Type 簡稱 SAT)：

　　Google 除搜尋廣告外，還有六種不同的廣告類型，可提供不同商業目標來使用，進而與搜尋廣告形成良好的互補作用，以擴展廣告管道與形式，以及不同的客群。六種廣告類型為：

　　A.**搜尋**：透過 Google 搜尋，向高意願客群展示廣告。

　　B.**購物**：向正在瀏覽商品的消費者展示產品。

　　C.**影片**：在 YouTube 平臺上，觸及消費者並爭取轉換。

　　D.**探索**：在探索平臺上，放送廣告。

　　E.**多媒體**：運用多媒體的廣告素材，在各網站及應用程式中，觸及消費者並爭取轉換。

　　F.**高成效**：透過單一廣告活動，觸及所有 Google 服務中的目標客群。以多媒體廣告或影片廣告，其廣告形式包括圖片、文字與影片等，可觸及 Google 聯盟網路用戶，以及 YouTube 用戶，與搜尋廣告的形式有很大的不同，可以產生高成效的結果。

故事編撰技巧

4.社交媒體行銷(Social Media Marketin 簡稱 SMM)：

所謂的〝社群媒體〞，係指有人群聚集的平臺，如Facebook、LinkedIn，或 YouTube 等。在該等社群媒體中執行行銷活動，便是〝社群行銷〞。它的行銷是一個非常多元的管道，如影音、直播或圖文等。目前，各大社群平臺也積極發展〝社群電商〞，成為嶄新的行銷管道。

在今日網路的普及化下，已成為我們生活中不可或缺的一部分。尤其在社群媒體使用率非常高的時代，社群行銷已成為品牌必備的行銷管道之一，它能培養忠實的粉絲，也能與消費者進行即時互動，並運用數據來掌握潛在客群。尤其是在社群行銷專案執行完畢後，可追蹤其成效，透過曝光數、觸及數，以及互動數等成效數據，檢視社群行銷的目標是否達成，並從中找出可優化的部分，再擬定接下來的內容策略。

5.電子郵件行銷(Email Marketing 簡稱 EM)：

所謂的〝電子郵件行銷〞，係指一種利用電子郵件，為其傳遞商業訊息到消費者的直銷形式。也就是說，每封電子郵件傳送到潛在或現行客戶，都可視為電子郵件行銷。其遞送目的在於，強化商家與其現行或者舊有客戶，以及鼓勵客戶忠誠與重複造訪網站或商家，以吸引新顧客或者說服老顧客來購買某項商品的電子郵件。其

第三輯　故事行銷之推廣

優點有：

　　A.可以低成本傳播訊息至廣大範圍的特定潛在客群。

　　B.相對於傳統郵寄，其成本低廉。

　　C.即時的傳遞訊息，僅須幾秒鐘即可完成。

　　D.企業或個人的廣告，主動把訊息傳到消費者面前，而相對的網站得等消費者上門。

　　E.可追蹤精確的投資報酬率，廣告可主動透過退件、終止訂閱、閱讀回條，以及點閱率等，以追蹤使用者，並用來衡量開啟率、正面或反面回應、串聯實際銷售與行銷。

　　F.電子郵件行銷不用紙張，可達到綠色環保訴求。

6.網路公關(Public Relations on Net 簡稱 PRN)：

　　所謂的〝網路公關〞，係運用網際網路的特性來營造企業與品牌的形象，為傳統的公共關係提供新的操作方式和新的傳播媒介。其中，傳統的〝公共關係(Public Relations 簡稱 PR)〞，所以網路公關也就是在網際網路上所從事的公共關係。

　　〝網路公關〞，主要是透過網路來針對企業或個人的

目標客群做溝通，建立良好的互動關係，以增加對該企業品牌的認同感，使其改善形象，進而提升市場的知名度，創造更多的商機。

該等網路行銷的方式，企業或個人可根據需求和預算，來進行選擇與運用。

二、促銷策略，通過優惠進行推廣：

所謂的〝促銷策略〞，係指企業如何通過人員推銷、廣告、公共關係，以及營業推廣等各種促銷方式，向消費者傳遞商品的信息，以增加銷售量；它主要有兩種模式：

1.推式策略：

所謂的〝推式策略〞，係以直接運用人員等為推銷手段，依其銷售管道把商品推銷出去。也就是企業的業務人員，把商品推銷給批銷商，批銷商再把商品推銷給零銷商，最終由零銷商把商品推銷給消費者。

2.拉式策略：

所謂的〝拉式策略〞，係以間接運用廣告或公共宣傳等為推銷手段，直接吸引最終的消費者，讓消費者對商品產生興趣或需求，主動去購買商品。也就是企業將最

第三輯　故事行銷之推廣

終的消費者引向零銷商，再由零銷商引向批銷商，從而引向生產的企業。

促銷策略之目的，乃為提高企業商品的銷量，在進行品牌或商品推廣的過程中，可以通過降價、折扣、獎勵等方式來進行推廣。利用網路進行推廣，改變過去傳統的人員促銷的模式，可節省大量人力與物力的支出。

然促銷活動可在短時間內消費流量大增，但只要促銷活動過後恢復原價，消費流量又恢復原狀。可見，促銷是一個短期的特效藥，想要長久經營，得靠消費者對原價商品的支持。舉辦促銷活動既為達到提升營業額的效應，雖僅短時間有效，卻是企業經營的必要手段。因此，促銷活動的方式就顯得非常的重要，只有用對方式，才能達到最大的邊際效益。

舉辦促銷活動，通常是企業/商家基於以下的原因：

1.提高曝光：

企業/商家開幕，或新品上市時，常會有開幕送禮、開幕折扣等促銷活動，其目的在於利用優惠先吸引消費者，以提高曝光率，再導入為顧客群。網路的方式有三：

A.自然流量：

所謂的〝自然流量〞，係指消費者自然而然被引導到

企業/商家的品牌，它們不是付費取得，也不是依靠其他方式而導入；它們是來自於企業/商家現有管道的隨機流量，包含：搜尋引擎、社群媒體，以及使用的其他手段。

B. 合作流量：

所謂的〝合作流量〞，係指企業/商家透過和其他品牌或企業合作而獲得的曝光機會；該作法可讓企業/商家觸及合作對象的消費群，除可提高曝光率外，也能因該品牌的口碑來增強企業/商家的品牌力。尤其是合作的品牌與消費群之間，已有很高的互動率及好感，可以延續到企業/商家的合作上，更進一步轉化成對企業/商家的品牌好感，其信任度也會倍增。

然這種做法的關鍵，必須建立在合作對象的消費群，要有相似或重疊的質性，才能確保企業/商家的品牌，在〝對的消費群〞面前曝光，否則一切的努力將會浪費在一群不符合企業/商家的消費群身上，沒有一點用處。

C. 廣告流量：

以專業廣告來導入流量，對網路而言，是一個非常有效的方式，但必須支付廣告費，以及了解如何投放廣告。然這種做法的關鍵，必須建立在經費充足及投放精準上，才能確保企業/商家的品牌，在〝對的消費群〞面前曝光，否則一切的努力將會浪費在一群不符合企業/

第三輯　故事行銷之推廣

商家的消費群身上，沒有一點用處。

當然，不懂精準的投放，可聘請或委請行銷專家來規畫執行，並反覆測試有效的廣告導流策略。該策略一旦找到，就能精準投放而使流量倍增，並直接觸及企業/商家的消費群身上。

2.追加銷售：

根據調查顯示，向現有客戶群推廣增加訂單的銷售成功機率近 70%；而向新客戶群開發銷售的成功率，僅有 10%左右。因此，企業/商家必須掌握追加銷售的技巧尤為重要。

所謂的〝追加銷售〞，是指讓現有客戶群購買比目前他正感興趣的商品更好，如品質更好、規格更好，或更便宜等，是一種延伸消費的手法。該手法的重點在於，如何吸引現有客戶群掏出更多的錢來購買企業/商家的商品。追加銷售的技巧主要有：

A.提供更多的品項：

確記！不要推薦與消費者想購買品項無關的商品，只有相關品項,才能讓消費者有順便想嘗試,或需求等，重點在於要讓消費者覺得對自己有利或方便。也就是說，既然在賣瓦斯爐，也可以再賣熱水器、排油煙機等廚房用品,這都是我們日常生活上的必需品,每戶皆有需求；

我們去速食店買炸雞，店員會建議你多帶一份薯條，或可樂或升級套餐等。

B.提供折扣的優惠

消費者的購買行為很單純，主要是從務實的角度去思考，是日常必需品嗎？是我所需要嗎？要花多少錢？交易划不划算？所以給消費者適當的折扣優惠，尤其是多買多送或多買折扣越大等,要讓消費者覺得對他有利，自然願意掏腰包。

C.讓客戶主動升級：

要讓客戶主動升級,其關鍵在於需求上,沒有需求，可有可無的商品或服務，消費者的購買欲望，自然沒有需求商品來得強烈。所以，想要讓客戶主動升級，就必須設計一個客戶需求的方案,才能讓客戶主動要求升級，Google的雲端硬碟，即是一個非常成功的案例，該案例，設計一個基本儲存空間(目前是 15G)的方案，免費提供給消費者使用，加上雲端硬碟使用的方便性，使得該方案成為目前的主流。以免費吸引消費者註冊成會員，當儲存空間不足時，便要升級成 VIP 會員購買儲存空間。大致上，每個會員最終都會因儲存空間不足，而必須購買儲存空間。

該方案的好處，是行銷人員不需要花費太大的努力

第三輯　故事行銷之推廣

來追加銷售，而是讓客戶群自己意識到需求，並主動想要升級購買。

D.解決更多的問題：

消費者因要解決需求問題而購買商品或服務，但解決需求後卻又衍生其他問題。也就是說，當我們炒菜時，需要切菜，切菜則需要一把刀的問題，於是購買一把刀，解決了切菜問題。但刀用久了會產生漸鈍的問題，該問題則需要再買一個磨刀器來解決漸鈍的問題等。

所以，行銷人員必須思考正在銷售的商品，並從消費者的角度去思考問題，當消費者購買之後，還會衍生哪些延伸的問題？該等問題，便是行銷人員可以向客戶群追加銷售的線索。

3.增加會員的數量：

增加會員的數量是追加銷售的重要因素，因龐大的會員數可以幫助企業/商家，為這些客戶群創造再消費的機會，或養成忠實的粉絲，使企業/商家能永久經營。如何增加會員的數量，必須守住兩個要件：

A.有利於消費者：

賠錢生意無人做，砍頭生意有人做，這說明人性〝性私〞，只要對自己有利，便會考慮購買。其購買行為的強

弱，與利益產生了互動關係，必需品購買意願自然高，雖非必需品，然只要消費者覺得划算，依舊有購買的衝動。其中之〝有利〞，如折扣、方便、免費寄送、免費修繕等。當時的全國電子商場實施〝產品終身免費維修〞，解決了消費者日後維修的困擾，其業績翻倍成長；現在的誠品書店,曾面臨倒閉的困境,後轉型為複合式書店，賣咖啡、文創商品、文具，以及書籍等百貨商場，提供給消費者〝方便性〞，讓它死裡逃生，以至今日誠品複合式書店到處林立，年營業總額高達新臺幣 110 億元。

B.加入會員的簡易性：

　　加入會員越簡單容易，消費者越願意加入，只要輸入有效的手機號碼或 Email 帳號，即可完成會員註冊的簡易，如藥品商店，只要報上手機號碼，即完成會員註冊；相對的，加入會員越困難繁瑣，消費者越不願意加入。尤其是資料填了一大堆，又要輸入大家所忌諱的身分證號碼,有誰願意加入。如中華電訊之 SSL 通用憑證，該憑證只能使用一年的期限，要續用時必須重新申請，且其設定又特別的複雜；相對於民間企業之 SSL 通用憑證申請，僅第一次申請，而後的續用只要勾選續用並繳費即完成。

4.清理庫存：

　　當企業/商家希望換回現金時,即可利用促銷等活動，

第三輯　故事行銷之推廣

以降低獲利的方式出清商品。所以，我們經常會看到企業/商家打著清理庫存，或租約到期或結束，庫存商品出清大拍賣。

三、服務策略，通過服務進行推廣：

服務策略是一項企業/商家提供積極的客戶群體驗並滿足需求的計畫。它可幫助企業/商家從競爭對手中脫穎而出，並與客戶建立牢固的關係。想要制定有效的服務策略，必須從了解客戶需求和偏好。不管在線上，或線下的推廣，都要注意形象的樹立，與服務的水準，讓客戶覺得貼心、溫暖，是該策略成敗的關鍵。

遵循賦予員工權力並積極主動的提供服務，傾聽客戶群的回饋並使用高科技，來持續改善等，可幫助企業/商家在競爭中保持領先地位，並建立忠誠的客戶群。根據統計，有 73%的客戶群願意在提供優質服務的企業/商家上花費更多。有 58%的客戶群，則在遇到劣質的服務後斷絕關係。因此，如何制定一套優質的服務策略，是企業/商家所應努力的方向。以下五種增強客戶服務的方法，提供參考：

1.提高客戶滿意度：

企業/商家及時為客戶提供最好的服務，是直接影響

客戶的滿意度。當客戶體驗到快速、有效，以及客製化等的支援時，企業/商家的整體滿意度就會提高。尤其是客戶購買後的評價，更直接影響到新舊客戶的增加，並相互依存而互動。

2.提高品牌的聲望：

　　品牌的聲望，是企業/商家最寶貴的資產。優質的品牌聲望，可吸引新客戶、留住舊客戶，並鞏固企業/商家在市場上的地位。企業/商家及時為客戶提供優質的服務，加上商品優良，不僅能提升客戶的滿意度，更能增加品牌的聲望。

3.提高客戶保留率：

　　企業/商家提供優質的服務，以及商品的優良，是留住客戶的基礎，除能提升客戶的滿意度，增加品牌的聲望，客戶的保留率，也自然提高。

4.提高客戶忠誠度：

　　企業/商家透過提供積極和有價值的體驗，來不斷改善客戶的服務，客戶群就越能對品牌保持忠誠度。該忠誠度可以促進穩定、持久的關係，尤其是舊客戶會推薦新客戶，呈良性互動的循環，是企業/商家穩定收入的來源，對企業/商家的永續經營至關重要。

5.提高競爭的優勢：

　　在競爭的市場，商品想要取得優勢，優質的服務，以及商品的優良，是最基本的要件。而想要在同類商品的競爭對手中脫穎而出，則必須提供一個獨特的價值主張，才能產生差異化的區別，該區別以有利於消費群為要件，可為企業/商家帶來顯著的優勢，並在競爭環境中蓬勃發展。

　　以上，便是故事行銷的推廣，商品再好沒有推廣，消費大眾不知道，也是個〇。善於利用網路行銷策略、促銷策略，以及服務策略等三個面向，皆不失為一個好方法。

故事編撰技巧

第四輯　著作權法

一、著作權法之概念
二、著作權法之起源
三、著作權法之立法
四、著作權法之內容
五、著作權法之實務

本單元係針對《著作權法》之概念、起源、立法、內容，以及實務等相關問題，說明如下

一、《著作權法》之概念

所謂"著作"，係指屬於文學、科學、藝術或其他學術範圍之創作。而"著作權（Copyright）"，則指著作完成所生之著作人格權，包括公開發表權、姓名表示權與禁止不當修改權等三種權利，以及著作財產權，包括重製權、公開口述權、公開播送權、公開傳輸、公開上映權、公開演出權、公開展示權、散布權、改作權、編輯權與出租權等權利。而經由法律一定的程序，制定一套規範來保護我們的著作權者，即是"《著作權法》（Copyright Law）"。

著作權，是著作權人對其作品所專有的權利。它要保障的是思想的表達形式，而不是保護思想本身，因為在保障著作財產權,此類專屬私人之財產權利益的同時，尚須兼顧人類文明之累積與知識、資訊的傳播。其中之演算法、數學方法、技術或機器的設計，均不屬於著作權所要保障的對象。

著作權是有期限的權利，在一定期限後，著作財產權即失效，而歸於公有領域，任何人皆可自由利用。在著作權的保護期間內，即使未獲作者同意，只要符合"合理使用"的規定，亦可利用。此規定皆在平衡著作人與社會對作品進一步使用之利益。

第四輯　著作權法

二、《著作權法》之起源

著作權，俗稱版權。世界上第一部《著作權法》，是英國於公元 1709 年 12 月 12 日，所制定的《安娜女王法令(An act for the encouragement of learning, by vesting the copies of printed books in the authors or purchasers of such copies, during the time therein mentioned)》，並於 1710 年 4 月 10 日施行，開始保護作者的權利與出版者的權利。1791 年，法國頒布《表演權法》，也開始重視保護作者的表演權利。1793 年又頒布《作者權法》，作者的精神權利得到進一步的重視。

19 世紀後半葉，日本融合大陸法系的《著作權法》中的作者權，以及英美法系中的著作權，制定了日本"《著作權法》"，而採用了〝著作權〞這個稱呼。

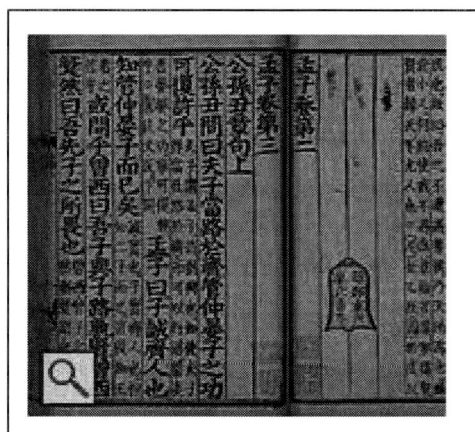

中國已知有〝版權〞一詞，始於宋朝。在雕版印刷術成熟的宋代，因沿襲寫本而記刊印者姓名或時地的〝刊語〞，在圍以邊框形成如木戳一般之後時間，此戳記就被稱為〝牌記〞或〝木記〞，以上均後人稱呼，是刊語的進一步發展，多見於坊刻或私刻，有宣示版權的意義。

元盱郡覆刊宋廖氏世綵堂本
（圖片來源：故宮博物院）

到了明清二代，印書興盛，坊

肆刻書的牌記又以書名頁的樣式呈現，這種牌記有部分會用彩色紙張印刷，以便達到醒目的效果。也有部分牌記有時也像一篇刻書題記，甚至帶有推銷性質的廣告文字，有時還會刊刻一些**「不許翻刻」**的字樣，最常見的一句話就是：**「版權所有，敢有翻印，千里必究」**，但這種警語在沒有智慧財產權的保障下，只不過是嚇嚇人罷了。1

中國最早使用〝著作權〞一詞，始於清宣統二年（1910年）所制定的《大清著作權律》，也是中國歷史第一部的《著作權法》律。該法律共分五章，分別是：「通例、權利期限、呈報義務、權利限制、附則」，共計 55 條的條文。涵蓋了版權的概念、作品的範圍、作者的權利、取得版權的程序、版權的期限和版權的限制等。作者可以終身享有版權，離世後繼承人可繼續享受 30 年；對於合理使用、合作作品、委託作品、口頭作品、翻譯作品等的問題也都有規定。當時的承辦單位為民政部，負責申請註冊事宜，享有版權的作品並發出相關的執照。

中華民國建立時，《大清著作權律》根據中華民國大總統於民國元年（1912年）3月命令，通告〝暫行援用〞，生效期被延長至 1915 年。後來，北洋政府也根據此法來制定《北洋政府《著作權法》。

---

1 見《古籍─院藏圖書珍本展.牌記與廣告》，網址：https://web.archive.org/web/20200722060609/http://www.npm.gov.tw/exh98/books_archives/ch_02_5.html，2025.01.21 上網。

第四輯　著作權法

三、《著作權法》之立法

我國《著作權法》，制定於民國 17 年 5 月 14 日，國民政府制定公布全文共 40 條條文。後為因應時代的變遷與實務的需要，復於：

民國 33 年 4 月 27 日國民政府令修正公布；
民國 38 年 1 月 13 日總統令修正公布；
民國 53 年 7 月 10 日總統令修正公布；
民國 74 年 7 月 10 日總統令修正公布；
民國 79 年 1 月 24 日總統令修正公布；
民國 81 年 6 月 10 日總統令修正公布；
民國 81 年 7 月 6 日總統令修正公布；
民國 82 年 4 月 24 日總統令修正公布；
民國 87 年 1 月 21 日總統令修正公布；
民國 90 年 11 月 12 日總統令修正公布；
民國 92 年 7 月 9 日總統令修正公布；
民國 93 年 9 月 1 日總統令修正公布；
民國 95 年 5 月 30 日總統令修正公布；
民國 96 年 7 月 21 日總統令修正公布；
民國 98 年 5 月 13 日總統令修正公布；
民國 99 年 2 月 10 日總統令修正公布；

民國 103 年 1 月 22 日總統令修正公布；

民國 105 年 11 月 30 日總統令修正公布；

民國 108 年 5 月 1 日總統令修正公布；

民國 111 年 5 月 4 日總統令修正公布；

民國 11 年 6 月 15 日總統令修正公布。

前後共修 21 次之多，以成現行之 117 條的條文。

《著作權法》是否該如《專利法》，也引起很大爭議。但我國是世界貿易組織（WTO）的成員，自應受《與貿易有關之智慧財產權協定》的規定，會員至少應對具有商業規模而故意仿冒商標或侵害著作權之案件，訂定刑事程序及罰則。救濟措施應包括足可產生嚇阻作用之徒刑及（或）罰金，並應和同等程度之其他刑事案件之量刑一致。

基此，《著作權法》在我國仍未除罪化，保持民事責任與刑事責任。當然，《著作權法》不該除罪化，但刑事訴訟權係屬公權利對不法者之追究，不該由著作權私人掌控，藉以取得不當賠償。

第四輯　著作權法

四、《著作權法》之內容

縱觀《著作權法》之內容，所揭櫫者應可歸納為如下幾點來做說明：

(一)、意義及種類：

著作權之意義及種類，如下說明：

1.著作權之意義：

A.著作：依《著作權法》第3條第1款規定，指屬於文學、科學、藝術或其他學術範圍之創作。

B.著作人：依《著作權法》第3條第2款規定，指創作著作之人。

C.著作權：依《著作權法》第3條第3款規定，指因著作完成所生之著作人格權及著作財產權。

2.著作之種類：

A.採法定主義：依《著作權法》第5條規定，本法所稱著作，例示如下：

a.語文著作；
b.音樂著作；

c.戲劇、舞蹈著作；

d.美術著作；

e.攝影著作；

f.圖形著作；

g.視聽著作；

h.錄音著作；

i.建築著作；

j.電腦程式著作。

前項各款著作例示內容，由主管機關訂定之。

B.**衍生著作**：依《著作權法》第6條規定，就原著作改作之創作為衍生著作，以獨立之著作保護之；衍生著作之保護，對原著作之著作權不生影響。

C.**編輯著作**：依《著作權法》第7條規定，就資料之選擇及編排具有創作性者為編輯著作，也就是一般出版社所謂的〝版權〞，以獨立之著作保護之；編輯著作保護，對其所收編著作之著作權不生影響。

D.**表演著作**：依《著作權法》第7條規定，表演人對既有著作或民俗創作之表演，以獨立之著作保護之；表演之保護，對原著作之著作權不生影響。

第四輯　著作權法

(二)、立法之要旨：

《著作權法》第一條規定：「為保障著作人著作權益，調和社會公共利益，促進國家文化發展，特制定本法。本法未規定者，適用其他法律之規定。」該條文係《著作權法》全部規定之指導原理，使著作權制度之本質明確化，同時亦為《著作權法》之解釋適用的基本方針。其立法意旨，可分為下列三點：

1.著作人權益之保障；

2.社會公共利益之調和；

3.國家文化發展之促進：私人法益保障過甚則妨礙國家公共利益之促進，故必有公私利益之調和，以免保護個人而妨礙國家之文化發展：因此，它有：

1.時間之限制：

該項期間之長短，各國《著作權法》規定各有不同，惟以終身加 50 年者為多。我國《著作權法》規定著作財產權，原則上存續於著作人之生存期間及其死亡後 50 年。例外有存續至著作公開發表後 50 年：

A.別名或不具名之著作；

B.法人為著作人之著作；

C.攝影、視聽、錄音、電腦程式及表演著作。

2. **標的之限制：**

下列情形，不得為著作權之標的：

A.憲法、法律、命令或公文；

B.中央或地方機關就前款著作作成之翻譯或編輯物；

C.標語及通用之符號、名詞、公式、數表、表格、簿冊或時曆；

D.純為傳達事實之新聞報導所作成之語文著作；

E.依法令舉行之各類考試試題及其備用試題。

3. **事務之限制：**

有一定正當之理由，可適度利用他人之著作。例如：第 44 至 65 條之情形：

A.依《著作權法》第 4 條規定，外國人之著作合於下列情形之一者，得依本法享有著作權。但條約或協定另有約定，經立法院議決通過者，從其約定：

B.於中華民國管轄區域內首次發行，或於中華民國管轄區域外首次發行後 30 日內在中華民國管轄區域內

第四輯　著作權法

發行者。但以該外國人之本國,對中華民國人之著作,在相同之情形下,亦予保護且經查證屬實者為限。

C.依條約、協定或其本國法令、慣例,中華民國人之著作得在該國享有著作權者。原則採相互主義,對不予我國國民著作權保護之外國者,我國亦不保護該國國民之著作。

4.強制授權之限制:

他人基於必須利用著作之一定正當理由,可申請主管機關准許對著作財產權人支付或提存一定使用報酬後,就其著作加以翻譯或重製,例如:伯恩公約(巴黎修正條款)附屬書第 1 至 3 條、世界著作權公約(巴黎修正條款)第 5 條至第 5 條之 4、日本《著作權法》第 67 條至第 70 條,以及南韓 1987 年《著作權法》第 49 及第 50 條規定是。我國《著作權法》第 69 條亦有規定。

(三)、主管機關及其主管事宜:

依《著作權法》第 2 條規定:主管機關為經濟部;著作權業務,由經濟部指定專責機關辦理;其主管事項依主管機關之主管事項,至少包括:

1.訂定著作之例示內容;

2.許可得利用他人著作之盲人機構或團體；

3.廣播或電視播送之目的，所為錄音錄影之錄製物，其保存處所之指定；

4.許可音樂著作強制授權之申請；

5.制定音樂著作強制授權申請許可，及使用報酬辦法；

6.撤銷音樂著作強制授權之許可；

7.辦理製版權之登記；

8.許可著作權仲介團體之組成；

9.設置著作權審議及調解委員會；

10.訂定著作權審議及調解委員會組織規程，及爭議調解辦法；

11.訂定《著作權法》第 87 條之一 1 第 1 項第 2 款及第 3 款之一定數量；

12.制定申請海關查扣著作物及製版物辦法；

13.訂定行政機關處理著作權相關案件申請規費標準；

14.提供民眾閱覽本法修正施行前著作權或製版權

之註冊簿或登記簿；以及

　　15.收受法院有關著作權訴訟之判決書。

(四)、取得及權利存續期間：

　　著作權之取得及權利存續期間，有以下說明：

1.著作權之取得：

　　著作權之取得，有本人之著作、聘僱人員之著作，以及推定之取得，茲說明如下：

A.本人之著作：

　　著作權於著作人完成著作時，即享有著作權，包括著作人格權及著作財產權。採自動生效制，並不以登記為要件，且《著作權法》於民國 87 年 1 月 23 日公布實施取消自願登記之相關業務，如有人主張著作權時，其應自負舉證責任；同法第 10 條規定：「**著作人於著作完成時享有著作權。但本法另有規定者，從其規定。**」至於保護範圍：依法取得之著作權，其保護僅及於該著作之表達，而不及於其所表達之思想、程序、製程、系統、操作方法、概念、原理、發現。

B.**聘僱人員之著作**：

　　a.**受僱及公務員完成著作者**：依《著作權法》第 11 條規定：受雇人於職務上完成之著作，以該受雇人為著作人，但契約約定以雇用人為著作人者，從其約定。依前項規定，以受雇人為著作人者，其著作財產權歸雇用人享有；但契約約定其著作財產權歸受雇人享有者，從其約定。

　　b.**受聘完成著作者**：依《著作權法》第 12 條規定：出資聘請他人完成之著作，除前條情形外，以該受聘人為著作人，但契約約定以出資人為著作人者，從其約定。依前項規定，以受聘人為著作人者，其著作財產權依契約約定歸受聘人或出資人享有；未約定著作財產權之歸屬者，其著作財產權歸受聘人享有；依前項規定著作財產權歸受聘人享有者，出資人得利用該著作。

C.**推定之取得**：

　　依《著作權法》第 13 條規定：在著作之原件或其已發行之重製物上，或將著作公開發表時，以通常之方法表示著作人之本名，或眾所周知別名者，推定為該著作之著作人；前項規定，於著作發行日期、地點及著作財產權人之推定，準用之。

第四輯　著作權法

2.權利存續期間：

A.一般著作權：依《著作權法》第 30 條規定，著作財產權除本法另有規定外，存續於著作人之生存期間及其死亡後 50 年。著作於著作人死亡後 40 年至 50 年間首次公開發表者，其著作財產權之期間，自公開發表時存續 10 年。

B.共同著作人：依《著作權法》第 31 條規定，共同著作之著作財產權，存續至最後死亡之著作人死亡後 50 年。

C.別名或不具名著作人：別名著作，或不具名著作之著作財產權，其存續期間至著作公開發表後 50 年，但可證明其著作人死亡已逾 50 年者，其著作財產權消滅；前項規定，於著作人之別名為眾所周知者，不適用之。

D.法人著作人：法人為著作人之著作，其著作財產權存續至其著作公開發表後 50 年，但著作在創作完成時起算 50 年內未公開發表者，其著作財產權存續至創作完成時起 50 年。

E.影音表演人：攝影、視聽、錄音及表演之著作財產權，存續至著作公開發表後 50 年；前條但書規定，於前項準用之。

F.**期間之計算**：以該期間屆滿當年之末日為期間之終止。

繼續或逐次公開發表之著作，依公開發表日計算著作財產權存續期間時，如各次公開發表能獨立成一著作者，著作財產權存續期間自各別公開發表日起算。如各次公開發表不能獨立成一著作者，以能獨立成一著作時之公開發表日起算；前項情形，如繼續部分未於前次公開發表日後3年內公開發表者，其著作財產存續期間自前次公開發表日起算。

(五)、著作權之內容：

著作權之內容，可分著作人格權與著作財產權，前者不得讓與或繼承，後者則可。

1.著作人格權之內容：

著作人格權之內容，包含下列三項：

A.**即公開發表權**：

所謂公開發表權，係著作人就其著作享有是否公開發表，以及如何公開發表之權利。依《著作權法》第15條規定：「**著作人就其著作享有公開發表之權利。**」該所謂〝公開發表〞，即指權利人以發行播送上映口述演出

第四輯　著作權法

展示，或其他方法向公眾公開提示著作內容。在著作人格權中之〝公開發表權〞，僅限於〝尚未〞發表之著作，如著作已經公開發表，則第三人利用加以發表，至多僅係著作財產權侵害之問題，而非著作人格權之侵害。

B.姓名表示權：

該權是指在其作品上，有具名與不具名之權利；具名不限于本名，別名亦可。

C.禁止醜化權：

該權乃禁止他人以歪曲、割裂、竄改，或其他方法改變作品之內容、形式或名目，致損害其名譽之權利。

D.公開發表權之例外：

依《著作權法》第 15 條規定：有下列情形之一者，推定著作人同意公開發表其著作：

a.著作人將其尚未公開發表著作之著作財產權，讓與他人或授權他人利用時，因著作財產權之行使或利用而公開發表者。

b.著作人將其尚未公開發表之美術著作，或攝影著作之著作原件，或其重製物讓與他人，受讓人以其著作原件或其重製物公開展示者。

c.依學位授予法撰寫之碩士、博士論文，著作人已取得學位者。

前項依學位授予法第 2 條規定，學位分為學士、碩士、博士三級。其中碩士、博士學位須撰寫論文。著作人既已提出博、碩士論文並通過口試取得學位，已有一定之程度，為方便後來研究者，以利國家學術發展，自不宜再主張公開發表權。

E.聘僱著作之例外：

受雇人依法為著作人，其著作財產權歸雇用人享有，此時受雇人雖為著作人，但依《著作權法》第 15 條但書之規定，受雇人不得享有著作人格權中之公開發表權。

2.著作財產權之內容：

所謂〝著作財產權〞，即著作人或法人取得著作財產權之人，對於屬於文學、科學、藝術或其他學術範圍之創作，享有獨占的利用與處分之類似物權之特殊權利。依著作權第 22～29 條之著作財產權包含下列權利：

A.重製權：

所謂〝重製權〞，即指以印刷、複印、錄音、錄影、攝影、筆錄或其他方法有形之重複製作權利。於劇本、

音樂著作或其他類似著作演出或播送時予以錄音或錄影；或依建築模型建造建築物，亦屬之。

B.公開口述權：

所謂〝公開口述權〞，係以言詞或其他方法，向公眾傳達著作內容之權利。

C.公開播送權：

所謂〝公開播送權〞，即指基於公眾接收訊息為目的，以有線電、無線電或其他器材，藉聲音或影像向公眾傳達著作內容之權利。由原播送人以外之人，以有線電或無線電將原播送之聲音或影像向公眾傳達者，亦屬之。

D.公開上映權：

所謂〝公開上映權〞，即指以單一或多數視聽機或其他傳送影像之方法，於同一時間向現場或現場以外一定場所之公眾傳達著作內容之權利。

E.公開演出權及傳輸權：

所謂〝公開演出出權及傳輸權〞，即指以演技、舞蹈、歌唱、彈奏樂器或其他方法，向現場之公眾傳達著作內容之權利。以擴音器或其他器材將原播送之聲音或影像，向公眾傳達者，亦屬於公開演出。

F.公開展示權：

所謂〝公開展示權〞，即指以陳列或其他類似方法，向現場之公眾傳達著作內容之權利。公開展示無須有利用人口述、表演或以機械方法傳達著作內容之過程，僅單純將著作原件或重製物陳列即可。

G.改作編輯權：

所謂〝改作編輯權〞，係指就原著作加以整理、增刪、組合或編排而產生新著作之權利。

H.移轉所有權之方式散布權：

所謂〝移轉所有權之方式散布權〞，指不問有償或無償，將著作之原件或重製物提供公眾交易或流通之權利。

I.出租權：

所謂〝出租權〞，係指將物租予他方使用收益而收取租金行為之權利。

J.輸入權：

所謂〝輸入權〞，即自國外進口物品之權利。實務上，自大陸地區將著作之重製物，輸入臺灣地區，亦屬此之輸入（法務部八十二年六月十四日法（82）律字第一一八二八號函）。

第四輯 著作權法

K.例外規定：

依《著作權法》第 87 條之 1 規定，設有如下例外：

a.為供中央或地方機關之利用而輸入。但為供學校或其他教育機構之利用，所輸入或非以保存資料之目的，而輸入視聽著作原件或其重製物者，不在此限。

b.為供非營利之學術、教育或宗教機構保存資料之目的，而輸入視聽著作之原件或一定數量重製物，或為其圖書館借閱或保存資料之目的，而輸入視聽著作以外之其他著作原件或一定數量重製物，並應依第 48 條規定利用之。

c.為供輸入者個人非散布之利用，或屬入境人員行李之一部分，而輸入著作原件或一定數量重製物者

d.附含於貨物、機器或設備之著作原件或其重製物，隨同貨物、機器或設備之合法輸入而輸入者，該著作原件或其重製物於使用或操作貨物、機器或設備時不得重製。

e.附屬於貨物、機器或設備之說明書或操作手冊，隨同貨物、機器或設備之合法輸入而輸入者。但以說明書或操作手冊為主要輸入者，不在此限。

（六）、著作之合理使用：

人類文明恃智慧之傳承，宏觀面、傳播面愈大，經驗之累積愈快，故科技文明日新月異，時時出陳推新，成就富饒便利之生存環境。但著作人或著作團隊，投入大量資金取得成果，如果人人得擷取其善果，坐享其成，則將無人再投入創作，故有《著作權法》以保護之。

然而過甚保護，係將造成社會進化之阻力，勢必權衡公私利益，是著作權允許他人之合理使用，茲列舉如下：

1.一般性合理使用：

依本法第 65 條規定：著作之合理使用，不構成著作財產權之侵害。著作之利用是否合於規定，或其他合理使用之情形，應審酌一切情狀，尤應注意下列事項，以為判斷之基準：

A.利用之目的及性質，包括係為商業目的或非營利教育目的。

B.著作之性質

C.所利用之質量及其在整個著作所佔之比例

D.利用結果對著作潛在市場，與現在價值之影響著

第四輯　著作權法

作權人團體，與利用人團體就著作之合理使用範圍達成協議者，得為前項判斷之參考。在協議過程中，得諮詢著作權專責機關之意見。

2.加註後得使用：

依《著作權法》第 64 條的規定，利用他人著作者，應明示其出處，且該就著作人之姓名或名稱，除不具名著作或著作人不明者外，應以合理之方式為之。

3.專業性合理使用：

依《著作權法》第 52 條的規定，為報導、評論、教學、研究或其他正當目的之必要，在合理範圍內，得引用已公開發表之著作。

4.合理之重製：

依《著作權法》第 43～48 條的規定，合理之重製，包含：

A.公部門之立法、行政目的之所需：

中央或地方機關，因立法或行政目的所需，認有必要將他人著作列為內部參考資料時，在合理範圍內，得重製他人之著作。但依該著作之種類、用途及其重製物之數量、方法，有害於著作財產權人之利益者，不在此限。

B.司法程序用途：

　　專為司法程序使用之必要，在合理範圍內，得重製他人之著作。

C.教育所需：

　　依法設立之各級學校及其擔任教學之人，為學校授課需要，在合理範圍內，得重製以公開發表之著作。

D.教科用書：

　　為編製依法令應經教育行政機關審定之教科用書，或教育行政機關編製教科用書者，在合理範圍內，得重製、改作或編輯他人已公開發表之著作。

E.圖書館等文教機構：

　　供公眾使用之圖書館、博物館、歷史館、科學館、藝術館或其他文教機構，於下列情形之一，得就其收藏之著作重製之：

　　a.應閱覽人供個人研究之要求，重製已公開發表著作之一部分，或期刊或已公開發表之研討會論文之單篇著作，每人以一份為限。

　　b.基於保存資料之必要者。

　　c.就絕版或難以購得之著作，應同性質機構要求者。

第四輯　著作權法

F. 公開發表著作摘要之重製：

中央或地方機關、依法設立之教育機構或供民眾使用之圖書館，得重製下列已公開發表之著作所附之摘要：

a. 依學位授與法撰寫之碩士、博士論文，著作人已取得學位者。

b. 刊載於期刊中之學術論文。

c. 已公開發表之研討會論文集或研究報告。

G. 政府機關或公法人之著作利用：

以中央或地方機關或公法人之名義公開發表之著作，在合理範圍內，得重製、公開播送或公開傳輸。

H. 非營利之重製：

供個人或家庭為非營利目的，在合理範圍內得利用圖書館及非供民眾使用之機器重製已公開發表之著作。

I. 感官障礙之用：

已公開發表之著作，得為視覺障礙者、學習障礙者、聽覺機能障礙者或其他視、聽覺認知有障礙者以點字、附加手語翻譯或文字重製之。以增進視覺障礙者、學習障礙者、聽覺機能障礙者或其他視、聽覺認知有障礙者福利為目的，經依法立案之非營利機構或團體，得以錄

音、電腦、口述影像、附加手語翻譯或其他方式利用已公開發表之著作，專供視覺障礙者、學習障礙者、聽覺機能障礙者或其他視、聽覺認知有障礙者使用。

J. **考試之試題：**

中央或地方機關、依法設立之各級學校或教育機構之辦理各種考試，得重製已公開發表之著作，供為試題之用。但已公開發表之著作如為試題者，不適用之。

5. **傳播之合理使用：**

依《著作權法》第 49、55、56 條的規定，傳播之合理使用，包含：

A. **時事報導之利用：**

以廣播、攝影、錄影、新聞紙、網路或其他方法為時事報導者，在報導之必要範圍內，得利用其報導過程中所接觸之著作。

B. **非營利目的之演出：**

非以營利為目的，未對觀眾或聽眾直接或間接收取任何費用，且未對表演人支付報酬者，得於活動中公開口述、公開播送、公開上映或公開演出他人已公開發表之著作。

第四輯　著作權法

C.影音之製作：

廣播或電視，為公開播送之目的，得以自己之設備錄音或錄影該著作。但以其公開播送業經著作財產權人之授權或合於本法規定者為限。

前項錄影物除經著作專責機關核准保存於指定之處所外，應於錄音或錄影後六個月內銷燬之。

（七）、網路利用之免責規定：

依《著作權法》第 90 條之 4～8 的規定，網路利用之免責規定，包含：

1.網路提供者之免責規定：

符合下列規定之網路服務提供者：

A.以契約、電子傳輸、自動偵測系統或其他方式，告知使用者其著作權或製版權保護措施，並確實履行該保護措施。

B.以契約、電子傳輸、自動偵測系統或其他方式，告知使用者若有三次涉有侵權情事，應終止全部或部分服務。

C.公告接收通知文件之聯繫窗口資訊。

D.執行第三項之通用辨識或保護技術措施。

2.連線服務提供者之免責事由：

有下列情形者，連線服務提供者，對其使用者侵害他人著作權或製版權之行為，不負賠償責任：

A.所傳輸資訊，係由使用者所發動或請求。

B.資訊傳輸、發送、連結或儲存，係經由自動化技術予以執行，且連線服務提供者未就傳輸之資訊為任何篩選或修改。

3.快速存取服務提供者之免責事由：

有下列情形者，快速存取服務提供者，對其使用者侵害侵害他人著作權或製版權之行為，不負賠償之責任：

A.未改變存取之資訊。

B.於資訊提供者就該自動存取之原始資訊為修改、刪除或阻斷時，透過自動化技術為相同之處理。

C.經著作權人或製版權人通知其使用者涉有侵權行為後，立即移除或使他人無法進入該涉有侵權之內容或相關資訊。

第四輯 著作權法

4.資訊儲存服務提供者之免責事由：

有下列情形者，資訊儲存服務提供者對其使用者侵害他人著作權或製版權之行為，不負賠償責任：

A.對使用者涉有侵權行為不知情。

B.未直接自使用者之侵權行為獲有財產上利益。

C.經著作權人或製版權人通知其使用者涉有侵權行為後，立即移除或使他人無法進入該涉有侵權行為之內容或相關資訊。

5.搜尋服務提供者之免責事由：

有下列情形者，搜尋服務提供者對其使用者侵害他人著作權或製版權之行為，不負賠償責任：

A.對所搜尋或連結資訊涉有侵權不知情。

B.未直接自使用者之侵權行為獲有財產上利益。

C.經著作權人或製版權人通知其使用者涉有侵權行為後，立即移除或使他人無法進入該涉有侵權行為之內容或相關資訊。

(八)、著作權之保護：

對於著作權之侵害，其責任有民事及刑事之責，著作權人得依法請求救濟：

1.民事責任：

依《著作權法》第 84、85、88、89 條的規定，民事責任之救濟有：

A.著作權之權利人對於侵害其權利者，得請求排除之，有侵害之虞者，得請求防止之。

B.著作人格權之侵權救濟，著作人為前項請求時，對於侵害行為作成之物，或專供侵害所用之物，得請求銷燬或為其他必要之處置。侵害著作人格權者，負擔損害賠償責任，雖非財產上之損害，被害人亦得請求表示著作人之姓名或名稱，更正內容或為其他回復名譽之適當之處分。

C.侵害著作財產權或製版權之救濟，負損害賠償之責任。數人共同不法侵害者，連帶負賠償責任。

D.判決之登報，被害人得請求侵害人負擔費用，將判決書內容全部或一部登載新聞紙、雜誌。

第四輯　著作權法

2.刑事責任：

依《著作權法》第 91、92、93、95、96 條的規定，刑事責任之救濟有：

A.擅自重製之處罰：

擅自以重製之方法侵害他人之著作財產權者，處三年以下有期徒刑、拘役，或科或併科新臺幣七十五萬元以下罰金。

意圖銷售或出租而擅自以重製方法侵害他人之著作財產權者，處六月以上五年以下有期徒刑，得併科新臺幣二十萬元以上二百萬元以下罰金。

以重製於光碟之方法犯前項之罪者，處六月以上五年以下有期徒刑，得併科新臺幣五十萬元以上五百萬元以下罰金。

B.以擅自轉移所有權之方法，散布著作者原件或其重製物者：

擅自以移轉所有權之方法，散布著作元件或其重製物，而侵害他人之著作財產權者，處三年以下有期徒刑、拘役，或科或併科新臺幣五十萬元以下罰金。

明知係侵害著作財產權之重製物，而散布或意圖散佈而公開陳列或持有者，得併科新臺幣七萬元以上七十

五萬元以下罰金。

犯前項之罪，其重製物為光碟者，處六月以上三年以下有期徒刑，得併科新臺幣二十萬元以上二百萬元以下罰金。犯前二項之罪，經供出其物品來源，因而破獲者，得減輕其刑。

C. 公開侵害著作財產權：

擅自以公開口述、公開播送、公開上映、公開演出、公開傳輸、公開展示、改作、編輯、出租之方法侵害他人之著作財產權者，處三年以下有期徒刑、拘役、或科或併科新臺幣七十五萬元以下罰金。

D. 侵害著作人格權違反強制授權之侵害：

有下列情形之一者，處二年以下有期徒刑、拘役，或科或併科新臺幣五十萬元以下罰金：

a. 侵害第 15 條至第 17 條規定之著作人格權者。

b. 違反第 70 條規定者。

c. 以第 87 條第 1 項第 1 款、第 3 款、第 5 款或第 6 款方法之一侵害他人之著作權者。但第 91 條之 1 第 2 項及第 3 項規定情形，不在此限。

d. 違反第 87 條第 1 項第 7 款規定者。

e.侵害著作人格權及製版權,違反第 120 條規定者,處一年以下有期徒刑、拘役,或科或併科新臺幣二萬元以上二十五萬元以下罰金。

f.未銷毀修改重製程式及利用他人著作財產權未註明出處。違反第 59 條第 2 項或第 64 條規定者,科新臺幣五萬元以下罰金。

g.有下列情形之一者,處一年以下有期徒刑、拘役,或科或併科新臺幣二萬元以上二十五萬元以下罰金:

(a).違反第 80 條之一規定者。

(b).違反第 80 條之二第 2 項規定者。

五、《著作權法》之實務

依《著作權法》第 10 條規定：「**著作人於著作完成時，即享有著作權。**」也就是說，《著作權法》係採創作保護主義，又稱〝著作權自動產生原則〞。而所謂〝創作保護主義〞，係指創作人於作品完成時起，只要具有原創性，著作權就自動即時產生保護，使著作人享有著作權中的著作人格權及著作財產權。

可見，著作權的取得，與同屬智慧財產權的專利權、商標權、積體電路電路布局保護法與營業祕密法等不同，它們要取得專有的權利，必須經過申請或註冊，由主管機關的審核與核准。但《著作權法》不用履行這一些程序，只要創作完成，其作品即自動受到保護。

所以，在《著作權法》之實務中，應注意如下幾點：

(一)、侵權責任：

侵害著作財產權有：民事責任與刑事責任；民事責任屬告訴乃論，受害當事人必須提告法院才受理；不提告法院則才受理。刑事責任原則上也是告訴乃論，只有在意圖銷售或出租目的之下，製造盜版〝光碟〞，或者散布盜版〝光碟〞，才是公訴罪，不待受害當事人主張權利，

第四輯　著作權法

檢察官知道可能有犯罪事實，就可以主動展開偵查，犯罪證據充足就會向法院提起訴訟。

告訴乃論只要原告撤銷告訴，檢察官或法院就不會再受理。而公訴罪不可以撤告，但仍可以跟被害人達成和解，和解有利於展現犯後積極彌補的良好態度，檢察官會依犯罪情節輕重，以及犯後態度酌情給予公訴罪起訴、不起訴，或緩起訴的處分。

(二)、舉證責任：

依民事訴訟法第277條，或刑事訴訟法第161之規定，舉證責任原則上係由當事人主張有利於己之事實者，就其事實有舉證之責任，而被告人則無舉證之責任。但法律另有規定，或依情形顯失公平者不在此限。

著作權並不以公開發表為前題，只要著作人之創作完成時即受到保護，縱不公開發表，也不影響其權利。但著作人在發生侵權時，必須舉證。公開發表，不管是報章雜誌，出版、播放等，皆有明確的時間；沒有公開發表，則無明確時間。因此，著作人要舉證就顯得困難。目前有許多創作者會考慮透過各種方式來保留證據，以利事後證明自己是著作權人，以及創作日期。如：以存證信函寄、法院公證或民間公證、寄存於特定組織或民間機構等方式。

(三)、侵權要件：

侵權構成要件，在於〝四項必備〞，〝一項沒有〞。也就是〝四必一無〞五項要件，才能構成侵權：

1.必須是人類精神力作用的成果：

《著作權法》的保護對象，是人類精神文明的智慧成果，因此必須是有人類精神力灌注其中所完成的作品才受保護，否則即不成為「創作」。什麼是創作，什麼是非創作，其分界線在於如：應用繪圖軟體 Photoshop，所繪出有意義的圖片，其中之〝意義〞，即是人類精神灌注其中的活動；應用照相機，所拍攝的相片，如何取景、角度等，也都是人類精神灌注其中的活動等，皆是創作。如：應用 AI 所完成的作品，以及測速器自動攝影的照片等，均非創作。

2.必須經由表達而外顯：

《著作權法》所要保護，乃是創作的結果必須以客觀化之表達形諸於外，而能讓人類感官所能感受得知其內容者，才給予保護；至於仍停留在抽象思想階段，如：某人構思想撰寫一本〝傳記小說〞，其內容大綱不管如何安排，都僅止於發想未曾口述或撰文分享人知，則是不受保護。

第四輯　著作權法

再者，受著作權保護的對象，僅限於客觀化的表達本身，而不及於藉由表達所傳達的思想，如：《宇宙論》，受保護的對象是作者以文字闡述宇宙構成的知識，並以語文所完成的作品，而不及於其所傳達的英‧霍金（Stephen William Hawking，1942年～2018年）宇宙爆炸理論等的思想內涵。

3.必須獨立創作且具有創作性：

所謂〝獨立創作(independent creation)〞，著重於作品由著作人自行完成，只要非抄襲或複製他人既有著作即可，並不要求新穎性。因此，若有不同作者個別獨立完成相似度極高，或雷同的作品，因兩者均為獨立創作，故皆受到《著作權法》的保護，此即所謂的〝平行創作〞。

而所謂〝創作性(creativity)〞，依美國《著作權法》上之「美感不歧視原則 (The Principle of aesthetic non-discrimination)」，不得將著作品質列入考量。因此，只要具有最低程度的創意，則可認為作者的精神作用已達到相當程度，足以表現其個性或獨特性，就可以受到保護。

美是主觀的感受，不是客觀的評斷。它會因個人的閱歷、教育、環境等因素，而產生不同的體悟，對美不同的看法。也會隨著光陰的流轉，產生不同的變化，誠

如赫拉克利圖斯（Herakleitos,544～484 B.C.）所說:「**濯足流水，水非前水。**」採取低度標準，意在尊重不同獨立個體的美感差異，以自我克制的開放態度，為各種可能性保留最大發展空間。當然，如沒有意義之令人難以識別作者個性者，則無保護之必要。

4.必須屬於文學、科學、藝術或其他學術範圍：

《著作權法》的保護對象，限於文學、科學、藝術或其他學術範圍，此要件是相對於實用性，強調創作必須具有〝文藝性〞與〝學術性〞；也就是，是否具應用價值在所不論，如：一支精美的手機，只可被認定為新式樣而劃歸《專利法》保護，但非屬文學、科學、藝術或學術之範圍。當然，如果其製作技術或設計圖樣，以文字或圖形具體表達者，仍可以受到《著作權法》的保護，但不包括所蘊含的技術思想。

原則上，符合上述四要件即為我國《著作權法》所保護的作品，但如屬於〝一項沒有〞。也就說，下列有幾項的作品，是要排除在《著作權法》所保護的範圍：

A.憲法、法律、命令或公文。此處的公文包括公務員於職務上草擬之文告、講稿、新聞稿及其他文書。

B.中央或地方機關就前款憲法、法律、命令或公文等著作所作成的翻譯物或編輯物。

第四輯 著作權法

C.標語及通用的符號、名詞、公式、數表、表格、簿冊或時曆。

D.單純為傳達事實之新聞報導,所作成的語文著作。

E.依法令舉行的各類考試試題,以及其備用試題。

構成以上〝四必一無〞的五項要件,即是明確侵權。但在實務上的認定,還是有爭議。因此,要經過侵權鑑定程序,才能定案。

(四)、侵權鑑定:

所謂〝鑑定(Identification)〞,係使該領域的專家學者,或有特別知識經驗的第三人,就鑑定情事陳述或報告他的判斷意見,以作為法院判斷事實的法定證據資料。第三人可以是自然人,也可以是法人機關。著作權侵害之鑑定,是著作權爭議案件的核心,所牽涉議題的範圍非常廣,內容也更多元複雜。當然,越複雜的案件越容易受到其他外力因素,產生誤判的結果。如何使爭訟回到《著作權法》的本質,是很重要的事情。以下是侵權鑑定的相關事宜。

1.鑑定機關:

智慧財產局,雖是《著作權法》的主管機關,對《著

作權法》所生疑義有解釋之權責,但著作權係屬私權,應由司法機關本其權責審查認定。然司法機關並無專業人才,只能委託專業機關,包含公家單位或私人機構來鑑定,並採雙盲方式進行,以避免因人情關係而有所偏執。如:財團法人中華工商研究院,即是奉司法院(八八)院臺廳刑一字第〇〇七七四號函的鑑定機構。

2. 鑑定程序:

　　鑑定程序分為:爭議鑑定與侵權鑑定等兩個階段。第一階段成立侵權的可能,才會有第二階段的侵權鑑定,茲說明如下:

A. 爭議鑑定階段:

　　爭議產生的情況很多,今只列舉容易產生爭議的幾點,大致如下:

　　a. 編輯著作:依資料之選擇與編排,具有創作性者,即受到《著作權法》的保護,但如蒐集到有著作權的資料,要取得原著作人的授權,即沒有侵權問題;若無創作性的編排著作,就不受到《著作權法》的保護,未取得有著作權資料的原著作人授權,即有侵權的可能。

　　b. 重製著作:就原著作,經由印刷、複印、錄音、錄影、攝影、筆錄或其他方法有形之重複,未經原著作人許可即擅自重製著作者,就有侵權的可能。

第四輯　著作權法

c.衍生著作：就原著作衍生的著作，也就是改作之創作，具有創作性者，即受到《著作權法》的保護，但要取得原著作人的授權，即沒有侵權問題；若無創作性者，即有可能是重製著作，就不受到《著作權法》的保護，未取得原著作人的授權，即有侵權的可能。

然必須說明，在《著作權法》上，〝衍生作品〞與〝原作品〞是兩個獨立著作的關係，自然也受到《著作權法》的保護。但《著作權法》第六條又規定：「**對原著作之著作權不生影響。**」可見，衍生著作要取得原著作人的授權，否則即侵害到原著作權人之改作權。利用衍生著作的第三人，也必須同時取得原著作人與衍生著作人的授權。如翻譯作品、小說改編成電影等，皆為改作之衍生著作。

d.**著作權標的**：不是《著作權法》法定所要保護的標的，自然與《著作權法》無關，沒有爭議問題；但是《著作權法》法定所要保護的標的，如有爭議則需鑑定著作物具不具有創作性，有即受到《著作權法》的保護；無即不受到《著作權法》的保護，但沒有侵權問題。

e.**合理使用**：依《著作權法》法定合理使用的範圍，自然沒有侵權問題。如有爭議則需鑑定使用之目的及性質，使用之質量與其結果，對著作潛在市場與現時價值之影響程度，來判斷是否有侵權的可能。

B.侵權鑑定階段：

　　侵權鑑定，必須藉由專業分析方能確定，其要確認的事項有如下幾點：

　　a.原告之著作，是否為《著作權法》要保護的標的？

　　b.被告是否有使用原告的著作？是重製還是改作。

　　c.原告之著作權保護期，是否已屆滿？

　　d.原告之著作，是否為未互惠保護的著作？

　　e.被告是否僅止於觀念之引用？

　　f.依兩者之間接觸的可能，如看到或聽到等，來確認是否為平行創作？因〝英雄所見略同〞在我們生活中，是經常會發生的巧合。

　　g.被告使用原告之著作，是否為合理使用？

　　h.在處理構想與表達時，不可分離、無從區隔，或表達方法只有一種，或極為有限時，思想與表達合併，則亦不構成侵權行為，此即〝思想與表達合併原則（The merger doctrine of idea and expression）〞。

　　i.在無從避免而必須使用某些事件、角色、布局，以及布景等素材。縱然該事件、角色、布局或布景之表達方式，與其他作品相似，但因為處理該主題所不可或

第四輯　著作權法

缺，或是一種標準的處理方式，即不構成侵權行為，此即〝必要場景原則(Necessary scenario principle)〞。

j.**違背善良風俗者**：如色情A片，是否也受到《著作權法》的保護？在《著作權法》並無明文規定，但該法第1條規定：「**為保障著作人著作權益，調和社會公共利益，促進國家文化發展，特制定本法。**」從其立法之目的來看，旨在保障個人或法人智慧之創作，使作品能為大眾所利用，進而促進文化健全發展，既要〝文化健全發展〞，對於違反該旨意者，自然不受《著作權法》的保護，明矣！

更何況，我國《專利法》第24條與《商標法》第30條，皆有「**妨害公共秩序或善良風俗者。**」不予核准的規定。在司法運作的常規上，自然也會被引用而成立。

k.**抄襲著作者**：在《著作權法》中，並沒有〝抄襲〞一詞，但它所指向的著作，是《著作權法》中的〝重製〞或〝改作〞。全篇照抄即重製，參考思想及表達方式，加以翻修，使其具有創作性即是改作。重製自然違反《著作權法》，但改作雖也受該法的保護，然如上所述，也要取得原著作人的授權，否則即侵害到原著作權人之改作權。可見，抄襲著作只要成立，不管是重製或改作，皆違反《著作權法》。

所以，抄襲著作是否違反《著作權法》的判斷標準，

在於〝接觸〞及〝實質相似〞二個要件上。其中之接觸，係指有看過、聽過、參考、下載等原著作的可能，可能即為違反《著作權法》，無可能即為平行著作，沒有違反該法，並也受到該法的保護；而實質相似則指與原著作非常雷同，然〝雷同〞一詞雖很抽象，卻可從〝質〞和〝量〞作為認定依據。質乃作者的創作理念，量乃相同敘述文字多寡的相同。該依據在實務中，創作理念一詞也是很抽象，難有一個明確的標準；而量化雖科學，但學術界慣用的〝文字比對系統〞，僅能比對相同文字，無法判斷相似文字，只要將敘述文字倒置或錯位，該系統即無法辨識，故常引起爭議。還好！認定是否重製或改作他人著作，是一個〝事實認定〞的問題，在爭議案件中，只有負責審理該案件的法官，才有權加以認定。

　　在學術中，構成抄襲不僅是違反《著作權法》，也違反學術倫理，除要負民事賠償責任，甚至是刑事責任外，其抄襲著作還要被取消，如博士論文抄襲，雖已拿到博士學位，依然會被取消其資格，此乃因違法，所以自始不存在。縱重製或改作行為，獲得著作財產權人的同意，雖沒有違法，但仍違反學術倫理，依舊以抄襲論處。而自我抄襲的著作，在學術中依舊不被容許，仍以抄襲論處。在非學術中，如係〝專屬授權〞於出版社等公開發表出版，有違反《著作權法》的問題；如係〝非專屬授權〞，則沒有違反該法的問題。至於投稿於期刊，則依其

第四輯 著作權法

徵稿辦法處理。

　　學術中，對於抄襲的認定，大致初步是以〝文字比對系統〞，比對其文字的相似度，整篇文章超過30%者，即有抄襲的可能，需再單獨檢測每一個來源，如果都低於5%時，一般不會被認為是抄襲，不會再往下追查。其中之合理使用的引文多寡，將直接影響到檢測的百分比，更是來源檢測的重點。所以學生提出口考論文時，學校會要求先通過比對系統的比對，超過30%的相似度，則不核准口考。

　　然用這種方式來確認抄襲的構成，筆者認為有兩大缺點：

　　a.只要懂得比對系統的原理，乃一段對一段的比較，文字對文字的比較，文字相同、位置相同者，才會被記錄其相似度，只要將敘述文字倒置或錯位，該系統即無法辨識。因此，該方式容易取巧，只要對著比對系統所列出相似度的段落，將〝如果〞改成〝也許〞等用語，意思一樣，比對系統卻無法檢出；或將〝牛頓發現的地心引力〞，倒置或錯位成〝發現地心引力的牛頓〞，意思一樣，文字也相同，只有位置不同，比對系統即無法正確檢出。

　　b.事實陳述，不應該列為抄襲，如以〝魯迅是紹興人〞，不管用〝魯迅出生於紹興〞、〝紹興是魯迅的故鄉〞、

〝紹興人的魯迅〞等表達文字，意思一樣，文字也大致相同，但這是事實陳述，應沒有抄襲問題，也不需要註明資料來源。因原著作人不會天生就知道魯迅是紹興人，一定是從別人的文獻資料獲知，任何人來寫都是一樣的結果。

(五)、司法判決：

依《民法》第184條所規定的三種侵權行為：一為故意或過失不法侵害他人權利；二為故意以背於善良風俗的方法加損害於他人；違反保護他人的法律。可見，著作權上的侵權行為，乃屬第三種違反保護他人法律的《著作權法》。所以，只要經過侵權鑑定的程序，而符合侵權要件，侵權行為即會成立，必須負民事賠償責任，甚至是刑事責任而被判刑。

在實務中，侵權成立如僅限於民事賠償責任，大都會以司院判決為依歸，因法官乃跟據《著作權法》上的罰則，並參酌當事人的經濟條件加以量罰，其判決有法有據且大致合理，總比受害人的漫天喊價來得客觀。如還帶有刑事責任，雖可易科罰金，但為避免被判刑而留下紀錄跟隨一輩子，大都會選擇庭外和解，縱要面對受害人有持無恐的漫天喊價，也只能隱忍下來。如此，便失去司法所要堅持的公平正義，實有待改善。當然，如

第四輯 著作權法

能比照專利法除罪化，該問題即能迎刃而解。

其中，著作權法原則上並不處罰過失侵權行為，除盜版光碟或銷售盜版光碟是〝公訴罪〞外，也就是〝非告訴乃論罪〞，其他都屬於〝告訴乃論罪〞，必須著作權人提出告訴，司法單位才會受理，當事人可以庭外和解，便可撤回告訴狀。

值得注意的是，侵權與違約的效果不同，意即以違約方式達到侵害著作權之效果。前者侵權有刑事責任；後者違約無刑事責任。因此，在實務中的侵權，如能朝向違約處理，是再好不過的事情。

六、《著作權法》之案例

本單元之案例，列舉案例與判例兩個部分做說明：

(一)、案例：

該部分，以我們日常生活中，最常見的著作權爭議或侵權的問題，茲列舉如下：

案例一：著作權與著作物所有權之區別[2]

問題：

甲與乙在網路上結交為親密之男女朋友，每日以電子郵件寫情書給對方，後來雙方因故斷交，甲為洩恨，乃將乙寫給他的情書，全部上載至網站上，由於乙當初所寫內容極為親密，甲之上載行為造成其困擾，乙能否向甲主張該等郵件之著作權？

解答：

著作權與著作物所有權乃不同之權利，所謂著作物係指著作重製物，例如書籍即為語文著作之重製物，著

---

[2] 引至陸義淋：《著作權案例彙編》，智慧財產權局，網址：https://www.tipo.gov.tw/copyright-tw/cp-420-855955-55015-301.html，2025.02.04 上網。

作物與一般物品一樣，均有所有權，所以若你買到一本書，該本書之所有權即歸你所有。至於著作權則係指著作權人所享有之重製、公開播送、改作等專有權利，其與著作物所有權自有所區別。享有著作物所有權並不等於享有著作權，此即所謂著作權與著作物所有權分離原則。

案例中乙寫給甲之電子郵件，由於當初確係自願寫給甲，並無要回意思，依《民法》規定，此應已構成贈與，所以乙並無權向甲要回該等郵件，不過乙當初並無將該等郵件著作權轉讓給甲，依據著作權與著作物所有權分離原則，乙仍享有該等郵件之著作權，而甲將該等郵件上載至網站之行為，係屬著作財產權中之重製行為，由於甲並未享有著作權，所以甲之上載行為已侵害乙之著作權，乙可依著作權法訴追甲之侵權行為。

案例二：圖形著作之重製、改作與衍生著作問題[3]

問題：

陳明依 A 公司所設計之圖形著作仿製成立體物後，再予以拍攝製作成目錄或廣告單。試問該行為，是否侵犯著作權？

---

[3] 引至張懿云：《著作權案例彙編》，智慧財產權局，網址：https://www.tipo.gov.tw/copyright-tw/cp-420-855955-55015-301.html，2025.02.04 上網。

故事編撰技巧

解答：

1.本案例之情形可兩階段加以討論：一是陳明將 A 公司所設計的圖形著作仿製成立體物的行為。二是陳明將該仿製的立體物拍攝後製作成目錄或廣告單的行為。

2.陳明將 A 公司所設計的圖形著作仿製成立體物，是否構成著作權法所製之重製或改作，應視其轉變後之具體情況而定為決定依著作權法第 3 條第 1 項第 5 款所稱「重製」係指，以印刷、複印、錄音、錄影、攝影，或其他方法直接、間接、永久或暫時之重複製作而言。依著作權法第 3 條第 1 項第 11 款所謂「改作」係指，以翻譯、編曲、改寫、拍攝影片或其他方法就原著作另為創作。故而，如果在立體物上以立體形式單純性質再現平面圖形著作之著作內容者，為著作權法所稱之「重製」；如果轉變後之立體物，雖然對原平面圖形著作之內容有所變動，但仍然保有原著作之重要特徵時，應屬「改作」。又如果依圖施工所製成之立體物的表現形式未能再現原平面設計圖之內容時，則可能是屬於不受著作權法所保護的「實施」行為。

3.陳明將該立體物予以拍攝後，製作成目錄或廣告單依著作權法第 3 條第 1 項第 5 款所稱「重製」，應該包括以照相或攝影方法所為之重複製作而言。因此將立體物以攝影或照相方式轉變成平面圖的行為，是有可能

第四輯 著作權法

構成重製權之侵害。但是如果該立體製成品未再現A公司原圖形著作之內容，而屬於「實施」行為，即無違反著作權之情事，此時該立體製成品並非A公司著作權效力之所及。故而將之拍攝所製成之目錄或廣告單，即無侵害A公司著作權之虞。

案例三：在餐廳播放CD是否侵害音樂著作的著作權[4]

問題：

甲創作完成一首歌的歌詞及歌曲，授權乙唱片公司錄成CD唱片，丙經營餐廳，為使餐廳氣氛良好，爰購買乙錄製的CD並播放給其顧客聽，試問丙的行為有否侵害甲的音樂著作及乙錄音著作的著作財產權？

解答：

歌詞歌曲係屬音樂著作，依據著作權法第26條第1項、第3項分別規定，「著作人除本法另有規定外，專有公開演出其語文、音樂或戲劇、舞蹈著作之權利。……錄音著作經公開演出者，著作人得請求公開演出之人支付使用報酬。」而著作權法第3條第1項第9款規定，公開演出指以演技、舞蹈、歌唱、彈奏樂器或其他方法向現場公眾傳達著作內容。丙向其顧客播放唱片公司錄

---

[4] 引至陸義淋：《著作權案例彙編》，智慧財產權局，網址：https://www.tipo.gov.tw/copyright-tw/cp-420-855955-55015-301.html，2025.02.04 上網。

製的ＣＤ，係屬公開演出音樂著作及錄音著作之行為。其公開演出音樂著作之部分，除合於著作權法第 44 條至第 65 條合理使用規定外，應徵得音樂著作權人之同意或授權，否則即屬侵害音樂著作之公開演出權。至於公開演出錄音著作部分無須於事前取得授權，也不致發生侵害公開演出權的問題，不過利用時，著作權人得依本法第 26 條之規定請求利用人支付使用報酬（應付費而未付費只屬《民法》「債」之關係，尚不致發生「侵權」之法律效果）。

案例四：可否使用他人所用過的著作名稱來命名自己所作的視聽著作[5]

問題：

假設某公司所發行的電影錄影帶「魔戒」頗為賣座，而其他公司欲將相同的名稱、用在自家錄影帶或其他著作之上，是否會侵害著作權？

解答：

就別人使用過的著作名稱，如果自己想要拿來作為自己著作的名稱，究竟會不會違法呢？這其實牽涉到「著作名稱」到底受不受著作權保護的問題。而關於這個問

---

[5] 引至葉茂林：《著作權案例彙編》，智慧財產權局，網址：https://www.tipo.gov.tw/copyright-tw/cp-420-855955-55015-301.html，2025.02.04 上網。

第四輯　著作權法

題，我國著作權法並沒有直接的明文規定可以作為判斷的依據，故僅能參考外國立法例、學說及我國著作權主管機關的見解加以推論。就著作的名稱（例如：書名，歌唱專輯名稱等）是否有著作權……美國的著作權局是抱持否定的看法。美國著作權局的行政規則有如下的規定：「下列為不受著作權保護之標的：單字（Words）、短詞（Short Phrases）（例如：人名、著作標題〔Titles〕及標語〔Slogans〕）等。」針對著作名稱是否受到著作權保護的問題，我國著作權主管機關的看法與美國相仿。根據著作權原主管機關內政部著作權委員會的見解，著作之名稱僅係一名詞，與著作權法第 3 條第 1 項第 1 款所稱著作（係屬文學、科學、藝術或其他學術範圍之創作）之定義不符，故認其不受著作權之保護（參見內政部著作權委員會所編印之「認識著作權」第 3 冊，第 31 頁）。至於目前主管著作權的經濟部智慧財產局，也認為『著作名稱本身並無著作權可言，不同之著作取用相同之名稱，尚非著作權法所不許。』（參見經濟部智慧財產局民國 92 年智著字第 0920004297-0 號函）。

不過，就算著作名稱因為不具「原創性」、或是被認為係「著作不可分之一部分」，而使得其無法獨立地受到著作權的保障，也並不表示被抄襲書名的作者毫無其他法律救濟途徑可循。在日本、德國、英國及美國的司法實務上，也都與法國的作法相同，允許作者以「不正當

競爭」的理由，阻止他人抄襲其書名。德國的不正當競爭法（類似於我國之「公平交易法」）第 16 條即規定：任何人於商業活動中，使用他人合法使用過之作品「特殊命名」（Special Designation），作為自己印刷作品之命名，而足以造成公眾之混淆者，應受行政之處罰。依此規定，只要作品之名稱特殊（Distinctive），而他人所使用的相同或類似名稱，可能使得社會大眾產生混淆（Likelihood of Confusion，例如：誤以為兩件作品皆為同一人所出版，或是誤以為後出版之著作係獲得前一著作之出版者之支援或贊助（sponsor）），即可禁止他人使用相同或近似之書名於出版品上。我國公平交易委員會在處分「抄襲書名」的立場上，亦採取與美、英、德、日等相同的見解。在民國 81 年就「新腦筋急轉彎」一書抄襲「腦筋急轉彎」一書之檢舉案作成處分時，公平交易委員會即援引公平交易法第 20 條第 1 項第 1 款的規定，認為在「新腦筋急轉彎」出版前，「腦筋急轉彎」已出版 12 集，其總銷售量超過了 120 萬本，已達「相關大眾所共知的程度」；而「新腦筋急轉彎」一書只在「腦筋急轉彎」加上一個「新」字，不僅名稱類似，且其所採取的幽默式漫畫問答集格式、書籍開本以及前頁為問題、後頁為答案的編輯形式，亦與「腦筋急轉彎」相仿，故對涉及抄襲行為的出版商加以處分。

綜合上述，如果作者所用之著作名稱頗能表現出其

第四輯　著作權法

個性、獨特性，縱使不受著作權保護，但如其著作因十分暢銷，而已達「相關公眾所共知」之程度時，或許仍可援引公平交易法第 20 條第 1 項第 1 款之規定，以禁止其他類似著作的作者使用易與其發生混淆之著作名稱。

案例五：抄襲別人的創意或妙點子也算侵害著作權嗎？如何判斷有沒有抄襲別人的美術著作呢[6]

問題：

「莉莉」為飾品設計製造公司，在千禧年設計出一系列「粉蝶舞春」的髮飾，在女用髮夾、髮圈、項鍊、戒指上，綴以薄紗狀半透明的蝶翼為裝飾，廣受少淑女族群的喜愛，「美美」也是設計製造同一類商品的公司，認為這種創意有值得借鏡之處，於是也在他原已生產的現有飾品上，加上了蝴蝶、蜜蜂等裝飾，不過蝴蝶造型另經設計，與「莉莉」所製造的異其品味，也頗受市場歡迎。「莉莉」公司於是不甘示弱，想到今年是千禧年，於是又推出「2000」系列，走前衛、現代簡潔風格的金屬髮飾，將數字 2000 作藝術變化，開同業風氣之先；「美美」不久也緊跟著推出「2000」系列，標榜展現千禧年世界大同的理念，以「浪漫民族風」的紫色、駝色為主

---

[6] 引至謝銘洋等：《著作權案例彙編》，智慧財產權局，網址：https://www.tipo.gov.tw/copyright-tw/cp-420-855955-55015-301.html，2025.02.04 上網。

要色調，也是在 2000 這個數字串上作美術字型的設計。

「莉莉」老闆見其創意一再被使用，市場也被瓜分，積存不滿已久，有一天逛夜市時竟發現地攤小販「佳佳」竟在叫賣「莉莉」出產的髮飾，並立有廣告標語「專櫃貨大清倉」、「蝴蝶夢」、「銀色千禧」等字樣，走近細看才發現無論材質、黏製，都不及自己公司的產品，蝴蝶的形狀較為簡陋，不過形態顏色都很相近、飛舞的姿勢也差不多，旁邊也裝飾用的小花配置也很像，「銀色千禧」系列更是一模一樣，只有材質是劣等金屬而已。「莉莉」老闆終於忍無可忍，憤而狀告「美美」、「佳佳」侵害其著作權。「美美」主張公司設計師只是擷取「莉莉」公司的創意而已，自己也是花了很多心血投資在新飾品的研發和製作上；「佳佳」則辯稱，她從來沒有看過這些髮飾，蝴蝶是常見的昆蟲，為什麼只有「莉莉」可以用蝴蝶做髮飾？而且今年大家都趕 2000 年的流行熱，「銀色千禧」純屬巧合。請問「美美」和「佳佳」的抗辯有沒有道理呢？

解說：

　　1.著作權法上有區分「觀念」和「表達」，只有「表達」才受保護，抄襲別人的創意並不會構成著作權的侵害我國著作權法第 10 條之 1 規定：「依本法取得之著作權，其保護僅及於著作之表達，而不及於其所表達之思

第四輯　著作權法

想、程序、製程、系統、操作方法、概念、原理、發現。」為什麼著作權法保護的是「表達」而不保護「觀念」呢？從我國法院常引用的一段話，可以看出來：因為「著作權法所保護者為著作之原創性，如著作人在參考他人之著作後，本於自己獨立之思維、智巧、匠技而推陳出新創造出另一獨立創作，該作仍不失為原創性，並不因其曾經受他人創作之影響而有差異，否則不僅拘束創作人之思維、構想，亦將嚴重影響文藝美術之發展。」我們知道人類社會中，生活莫不深受文化、環境等種種因素的影響，所以還沒有表達出來的觀念固然不受保護，一旦把觀念表達出來以後，受保護的也是「表達」的這一部份，所蘊含的創意或妙點子，仍然可以被其他人所參考、使用，以此再創作出其他的作品，這樣文化才能累積、豐富，而不會變成被少數人所壟斷，造成社會文明很難有進步的空間。

　　2.觀念和表達的區分……我國法院在實務上雖然也承認這個區別的概念，常常會在判決中引用這一段話：「著作權法所保護者乃觀念、構想等之表達方式，非觀念構想之本身，著作如係確出於著作人獨立創作之結果，其間並無抄襲之情事，縱或有雷同或相似，各人就其著作均享有著作權。」但是這也只是很抽象的說明而已，在具體個案的適用上是有困難的，所以我們不得不尋求一些比較法上行之有年的法理，來區別觀念和表達。美

國法的相關論述都是用「idea」與「expression」來作為兩個對照的用語。而觀念與表達的區分理論與基準，是從美國法上1879年著名的 Baker v. Selden 案開始發源，以後的判決也不斷地加以引用，再加上法官、學者的闡釋，於是逐漸形成一系列可以在實務上運作的法則，例如減除測試法、抽象測試法、模式測試法、整體概念及感覺測試法等等，甚至在電腦程式的領域裡，還有更精細、更專門的區別標準，不過在判斷一般著作構想與表達如何區別的時候，仍然以「抽象測試法」為最受美國實務與學說所接受的主要方法。簡單來說，抽象測試法就是把系爭事件逐一抽離，隨著抽離事件的增加，會產生漸趨抽象性或普遍性的「模式」，這種模式是可以適用於任何其他的作品的，當超過一定的界限後，這種普遍性或抽象性的表現就屬於公共財產，並不是著作權法所保護的範圍。例如，在一部愛情小說裡，「甲喜歡乙，乙卻喜歡丙」；或是「甲乙兩人原本互相看不順眼，卻因緣際會而相知進而相愛」，這都是一種具有普遍性的「模式」，是任何一部小說都可能、也可以使用到這種最粗略的架構，也不會因為有某作家使用了這個普遍性的模式去寫作後，別人用相同的模式就會侵害他的著作權。另外我們還要注意的是，在使用這種方法來比對兩個作品時，所篩選比較的模式或特徵，還要達到合理的細微層次，再判斷其共同模式是否具有普遍性，這樣才能決定是否構成表達的侵害。還有呢，如果兩個作品間

第四輯　著作權法

雖然只有少量無足輕重的細節相同，雖然這些相同的地方已經特殊到可以看得出這是抄襲的結果，但是過於少量的複製恐怕仍然不是著作權法所保護的標的，必須有相當數量的模式或較有意義的段落相同，才會構成表達的侵害。至於一些無法加以解構的著作，例如美術著作、圖形著作、多媒體著作等，則通常用「整體觀念及感覺測試法」加以判斷，就是說把兩個著作拿來，整體性地加以觀察後所得到的觀感，或著作所給人的意境，都是屬於表達的範圍，不過我們還是可以運用抽象測試法的精神，來處理美術著作在觀念和表達上的區分。

在本題中，由於髮飾等等應該是屬於美術著作，在判斷上我們先用整體觀念及感覺測試法來觀察。從題意中顯示，「美美」所作的蝴蝶、蜜蜂飾品，在風格上與「莉莉」的作品大異其趣，整體看來應屬於不同的表達方式，所以可以給觀察者不一樣的感受；另外，由於「蝴蝶」是大自然裡原本就存在的生物，所以採用蝴蝶、蜜蜂等昆蟲來作為物品的裝飾，可以說只是一種創意或點子而已，人人都可以使用，而蝴蝶有牠通常既定的形態，例如觸角、身體、翅膀的大致比例和通常搭配等等，除了重大「變種」的情形之外，任何人使用「蝴蝶」的形象作為素材，都會受限於一定的範圍，也就是說畫起來都是讓人一眼就看出那是「蝴蝶」的形狀，但是在很多抽象性質以外的具體表現，就有很多的空間提供各式各樣

的表達形式了。換句話說,「莉莉」的作品受保護的部份,應該是「如何把蝴蝶應用在飾品上,蝴蝶的姿態、顏色和其他藝術性的表現」,而不是「把蝴蝶用在髮飾上」這一部份。也有法院作這樣子的表示:「…況蝴蝶乃大自然界普遍存在之動物,其種類繁多,高達數以百萬種,任何人均得取材於此一大自然無盡之寶藏予以獨立創作,並作不同之表達。矧且著作權法所保護者乃著作物之『原創性』,亦即觀念之表達方式,其範圍不及於『觀念』本身,諸如前述,殊不能因有人以蝴蝶此一觀念作為創作題材,嗣後即禁止任何人再以蝴蝶作為創作之對象。因此以蝴蝶作為觀念,並無獨佔排他權利,人人均得自由利用,法無禁止之理。」使用數字「2000」也是同樣的道理,在千禧年用「2000」這一字串作為設計的素材,只能認為是一種觀念或創意,「2000」這樣一個通用的數字組合或表現也不可以被任何人所獨占,所以「2000」系列飾品所可以受到保護的,應該是「如何把一串簡單的數字做成具有藝術性、有特色的表達方式」。

　　3.判斷著作抄襲的要件——接觸與實質近似所以,現在我們已經可以釐清,在這個案例中,「莉莉」的蝴蝶和 2000 作品,能夠受著作權法保護的「表達」到底是到什麼樣的程度,也就是蝴蝶髮飾和 2000 髮飾如何地、用什麼姿態、形式、方法來呈現美感,傳遞藝術訊息等等一些很具體的表達,再來我們才能判斷「美美」和「佳

第四輯　著作權法

佳」對於「莉莉」受保護的著作表達部份有沒有抄襲。在著作權侵害的判斷上，構成著作抄襲的兩大要件，是「接觸」和「實質近似」。接觸是一種法律上的事實，在訴訟上被告通常都會抗辯沒有接觸，不過這一點可以用直接證據和情況證據的方法來證明，例如在本案中，由於「莉莉」的作品在市場上已經流通一段時間，有一定的銷售量和知名度，很容易就可以認定「佳佳」對於系爭著作曾經有過接觸。在實質近似的判斷上，由於美術著作的呈現方式和人的視覺感官具有密切的關係，所以法院通常是把兩個著作拿來作整體的觀感和細部的觀察，以它們對人的視覺發生什麼樣的「作用」來評價是否實質近似。例如在一個也是以蝴蝶圖作為化妝品包裝的圖樣的案子裡，法院認為「復查被告某甲印製使用在其生產之多層式化粧盒上如附圖六所示蝴蝶圖案，明顯無觸鬚設計，與告訴人嘉美公司獲有美術著作權如附圖一及附圖三所示蝴蝶圖案以及其成品上所使用如附圖四所示蝴蝶圖案，並非完全相同，其非有形複製及完全之抄襲，至為明灼。至於附圖七所示蝴蝶圖案固然帶有觸鬚，惟有關蝶翼部分之設計與附圖一、三所示蝴蝶圖案之蝶翼部分，仍有差異。」

在另一個以熊主婦圖為圖案的事件中，法院則判斷「於審理時詳予比對自訴人取得美術著作財產權之圖樣（即附表一Ａ）及被告所製作之『熊主婦圖』圖樣之內容，

故事編撰技巧

除將附圖一之圍裙中左圖草莓圖案更改外，其餘有關熊之頭、眼、耳朵、嘴部之造形完全相同，又衣服之層次、配件亦同一，另整個圖樣均有棒碗、湯匙、蝴蝶結等編牌圖樣，且又完全相符，況經本院前審將前揭二圖樣送由輔仁大學織品服裝學系鑑定結果亦認定：『熊主婦圖（附圖二）經鑑定雖為一般繡線手法，但除將附圖一Ａ之圍裙右圖草莓圖畫圖樣極具相似，顯而易見確有抄襲重製之情事』等語」，還有一個小沙彌的案例中，法院認為「再參以告訴人所提出之雙方所產製之小沙彌照片與真偽品對照表所示：(1)合十小沙彌，『偽品』除座墊不同並多一木魚外，其餘臉部表情，整體構造，色彩幾乎與『真品』相同(2)挑水小沙彌，除沙彌臉部表情稍有不同，『真品』沙彌臉朝上，『偽品』臉朝下外，其他整體構造，色彩分布亦幾乎相同(3)讀經書小沙彌除『偽品』多一疊書籍，其他亦幾乎相同(4)說狗小沙彌，除沙彌顏色稍有深淺不同外，餘亦幾乎相同(5)砍柴小沙彌，除沙彌臉部造形，柴擺放位置有高低之不同外，其餘造形亦屬幾乎相同(6)戲鳥小沙彌除鳥的擺放位置小沙彌臉部表情不同外，其餘造形亦屬幾乎相同。若謂僅係『既存內容』相同即能達此實質相似之程度，未免過於巧合，似此，亦可證諸被告確有接觸告訴人之著作物」。所以在本案中，對於「美美」和「佳佳」的作品，也可以經由詳細的比對程序來加以判斷，例如蝴蝶的觸角長度、彎度、翅膀的配色、飛揚的姿態、甚至蝴蝶於周邊花草的關係、

花瓣葉面等等細部表現等等。因此,「美美」所提出「觀念抄襲並不構成著作權侵害」的抗辯應該可以成立,而「佳佳」就可能難逃抄襲與侵害著作權的認定了。

案例六:何謂戲劇著作?戲劇著作與劇本著作,區別何在[7]

問題:

作家林允中為嘗試寫作不同種類作品,遂改行編寫劇本,未料劇本不受青睞,因此一直沒有機會把劇本製作成為戲劇播出。作家退而求其次,乾脆把該劇本再改寫為小說,直接出版以賺取稿費。某日一位節目郭製作人在書店發現該小說引人入勝,遂找張導演將小說改編為劇本,並製作成連續劇在電視臺播出。該小說家某日忽然發現他的作品竟然已經改編成為戲劇節目,遂提出告訴。該連續劇郭製作人及張導演,是否已經侵害了作家的著作權?

解說:

1.「戲劇著作」之意義戲劇著作,係指以身體之動作,富含感情將特定之劇情表演出來。依內政部於民國 81 年 6 月 10 日公布之內政部臺(81)內著字第 8184002

---

[7] 引至雷憶瑜:《著作權案例彙編》,智慧財產權局,網址:https://www.tipo.gov.tw/copyright-tw/cp-420-855955-55015-301.html,2025.02.04 上網。

號公告「著作權法第五條第一項各款著作內容例示」第 2 項第 3 款之規定，所謂戲劇、舞蹈著作，包括舞蹈、默劇、歌劇、話劇及其他之戲劇、舞蹈著作。

2.戲劇著作與劇本著作之區別 所謂「劇本著作」，原則上是將戲劇中所有的對白、敘述以文字表現出來，其目的與樂譜一樣，都是為了提供表演者表演之用。而劇本雖然是文字，但著作的本質，是為了將連貫的劇情，藉由聲音、影像及動作的配合，在觀眾之前表演。……我國著作權法於民國 74 年修正時，即於修正理由中說明劇本係屬於「文字著述」，而屬於語文著作之一種，因而不再另於著作權法中再以劇本著作保護。

3.未獲得授權不得將他人語文著作表演為戲劇著作 作家林允中在第 1 次寫出劇本時，他就享有這個劇本的語文著作權，之後，當他再次將那份劇本改寫為小說的時候，他又再次享有另一個衍生著作的語文著作權。也就是說，林允中在二次創作之後，擁有劇本以及小說的著作權。依著作權法第 26 條第 1 項之規定，著作人除本法另有規定外，專有公開演出其語文、音樂或戲劇、舞蹈著作之權利。因此，就林允中所為的小說創作，僅有林允中有權利自己或授權別人改編的專屬權利。郭製作人發現林允中的小說引人入勝，此時郭製作人應該作的事情是與林允中聯繫，獲得林允中的授權，才能夠找張導演將小說內容改變以戲劇型態方式演出。因為郭製

第四輯　著作權法

作人及張導演並未獲得林允中之首肯，即擅自將林允中之小說改作，二人皆已侵害了林允中的著作權，而違反著作權法第 92 條的規定。

案例七：攝影著作的合理使用[8]

問題：

A 報記者在偶然的情形下獨家拍攝到美國總統獨自到中國餐館用餐的照片，國內其他媒體如要刊登或播出該照片，是否須經 A 報之同意？如不經 A 報同意，直接翻拍 A 報上所刊登的照片，會不會侵害著作權？

解說：

使用者付費乃著作權法的基本原則，然如果徹底貫徹此一原則，則不免發生妨礙資訊流通之弊端，為調和社會公益，著作權法第 44 條以下設有對著作權人權利之限制。著作權法第 52 條規定：「為報導、評論、教學、研究或其他正當目的之必要，在合理範圍內，得引用已公開發表之著作。」至於著作之利用是否屬於合理利用之範圍，依同法第 65 條規定，應審酌一切情況，尤應注意下列事項，以為判斷標準：

---

[8] 引至郭明怡：《著作權案例彙編》，智慧財產權局，網址：https://www.tipo.gov.tw/copyright-tw/cp-420-855955-55015-301.html，2025.02.04 上網。

故事編撰技巧

一、利用之目的及性質，包括係為商業目的或非營利教育目的。

二、著作之性質。

三、所利用之質量及其在整個著作所占之比例。

四、利用結果對著作潛在市場與現在價值之影響。

在本案例中，由於美國總統到中國餐館用餐的照片具有新聞性，其他媒體欲刊登或播出，顯然是為了報導的目的，而 A 報既已取得獨家優先刊登之優勢，在其刊登該照片後，其他媒體或可依據著作權法第 65 條第 2 項所定各項合理使用之判斷標準，主張引用該照片做相同的報導，且對 A 報日後利用該照片之價值，應無明顯不利之影響，以構成合理使用。然需注意，合理使用因其概括性之規定，需由司法機關依個案適時為審酌認定。另外，如果其他媒體係為報導其他新聞事件，而有使用美國總統照片之必要，則是否能不經 A 報同意，即使用本案例中之照片，則顯有疑問。因為在此種情況下，可能會被認為所報導的新聞事件與本案例之照片並無直接關連性，且 A 報對於美國總統之各式檔案照片有授權他人使用之利益，因此較難認為其他媒體之使用行為符合合理使用之要件。

另需注意，即使符合合理使用之要件，媒體在引用

第四輯　著作權法

他人著作時，依著作權法第 64 條之規定，應明示其出處，否則仍係違反著作權法之行為。所謂明示出處，係指以合理方式表示著作人之姓名或名稱。據此，在本案例中，其他媒體如要轉載 A 報有攝影著作之照片，在轉載時須標明該照片來源，方屬合法。

案例八：利用或參考他人相同的創意，而錄製自己的錄音著作時，是否會因為抄襲他人的創意而有侵害著作權之虞[9]

問題：

前一陣子，某家國內知名唱片公司推出了所謂的「水晶音樂」，以電腦合成的技術，彈奏出類似敲打水晶而成的樂曲聲，據說具有洗滌心靈、安撫情緒的作用，而在市場上造成了極大的轟動。假設現在有另一家業者打算利用相同的創意，錄製自己的水晶音樂專輯時，會不會因為抄襲他人的創意而有侵害著作權之虞呢？

解答：

依照著作權理論，所謂的「點子」、「觀念」（idea）或「概念」（concept），是創作者想透過其作品表達的一種思想或意念；而所謂「觀念的表達」（expression of

---

[9] 引至葉茂林：《著作權案例彙編》，智慧財產權局，網址：https://www.tipo.gov.tw/copyright-tw/cp-420-855955-55015-301.html，2025.02.04 上網。

idea），則是創作者藉由各種媒介或途徑，將其心中的中心思想或觀念加以闡明。舉個例子來說：古今中外都流行著「自古紅顏多薄命」和「情侶往往因命運的作弄而無法結合」的觀念，而不同的作者在作品中對於這兩個觀念的詮釋和說明，有時竟會不約而同地出現類似的情節或結局。中國的梁山伯與祝英臺雖較莎士比亞筆下的「羅密歐與茱麗葉」多了「女扮男裝」的情節，但故事中都出現了聰明美麗的女主角「紅顏薄命」的情節，致使有情人無法結合的悲劇結局。如果著作權法連觀念（idea）都加以保護，就極可能會發生因為少數人獨佔了某些觀念、想法，而造成其他人無法利用相同的觀念創作之情形。這即是著作權不保護觀念，而保護「觀念之表達」的最主要原因。我國著作權法為了釐清上述的法理，特別在第 10 條之 1 中規定：「依本法取得之著作權，其保護僅及於該著作之表達，而不及於其所表達之思想、概念……」，其原因即在於此。此外，需要特別注意的是，著作權法雖然保護「觀念的表達」，但就該「觀念的表達」，並未像專利法般賦予創作人一項排他的權利。相反地，只要創作並非抄襲而得，著作權理論並不禁止他人獨立創作類似或完全相同的著作；而且只要該類似或相同的著作也具備了原創性，則不論其創作完成之先後順序如何，該兩個著作皆能受到著作權法的保護。

在本例題中，利用電腦合成如敲打水晶般聲音的音

第四輯　著作權法

樂，只是一種創作的概念或點子而已，因此，首先想到這個點子的唱片公司並無法阻止他人也利用相同的點子來創作。所以，就算有另一家業者打算利用相同的創意來錄製自己的水晶音樂專輯時，也不會因為抄襲他人的創意而有侵害著作權之虞。

案例九：販賣建築著作之照片是否合理使用[10]

問題：

某甲看到乙建築師設計之某棟建築物極為富麗堂皇且甚具創意，乃將之拍照後印製成新年月曆販賣，其是否侵害該棟建築物之著作權？

解說：

按著作權法第 3 條第 1 項第 5 款規定，重製係指以印刷、複印、錄音、錄影、攝影、筆錄或其他方法直接、間接、永久或暫時之重複製作。所謂攝影，一般也俗稱拍攝、照相或拍照，而著作權法上之攝影著作，大抵都是指照片，此可參照內政部於 81 年 6 月 10 日所訂定公布「著作權法第五條第一項各款著作內容例示」之規定。乃攝影也者，在著作權法上係用為動詞，攝影著作才是名詞，一如重製之為動詞，重製權或重製物則係名詞。

---

[10] 引至張靜：《著作權案例彙編》，智慧財產權局，網址：https://www.tipo.gov.tw/copyright-tw/cp-420-855955-55015-301.html，2025.02.04 上網。

在本題中，某甲就乙建築師所設計之建築物予以拍照，是否屬對建築著作的一種重製行為？而重製所得之照片，是否即為建築著作的重製物，此均有待進一步探討。乃某甲就其拍照所得之照片，是否得主張其為有別於乙建築師建築著作之另一種新的攝影著作，而得另享有著作權？還是僅係原先建築著作之重製物，而不得享有著作權？此誠非可一概而論，以下應分述之：

其一：如果某甲僅係以照相機對著乙建築師之建築物拍照，而未施以任何之創意，即不具原創性時，則某甲之照片不得稱之為攝影著作，而僅係建築物之重製物，某甲之拍照行為即屬擅自重製之行為，因為並未經乙之同意（此處假設乙建築師為其所設計建築物之著作人或著作財產權人），某甲自不得主張享有攝影著作之著作權，但某甲是否不法侵害乙建築著作之重製權？答案應作否定，容後述之。

其二：如果某甲於拍攝乙建築師設計之建築物時，施以一定程度之創意，使得所拍出來的照片具有與建築物不同之原創性，則某甲的照片即屬攝影著作，而係該建築物之衍生著作，即得享有著作權。這是因著作權法第 6 條第 1 項規定：「就原著作改作之創作為衍生著作，以獨立之著作保護之。」而某甲之拍攝行為合乎著作權法第 3 條第 1 項第 10 款所規定之改作：「指以翻譯、編曲、改寫、拍攝影片或其他方法就原著作另為創作」，即

第四輯　著作權法

以拍攝照片之其他方法另為創作故也。

惟因著作權法第 6 條第 2 項復規定：「衍生著作之保護，對原著作之著作權不生影響。」乃乙建築師之建築物為原著作，其所享有建築著作之著作權，不受某甲得主張其照片即攝影著作之為衍生著作得受著作權保護之影響。但是某甲未經乙之同意，所為之此種改作行為，是否構成著作權法第 92 條之擅自改作？答案亦應係否定。依我國著作權之相關規定，某甲之行為除合於著作權法第 63 條第 2 項：「依第 46 條及第 51 條規定得利用他人著作者，得改作該著作」之規定，得以視之為「合理使用」，而不構成著作財產權之侵害（著作權法第 65 條第 1 項參照），例如純係個人基於非營利之目的而以改作之手法拍攝後自行收藏之外，某甲之行為是否涉及不法侵害，應推著作權法第 58 條之規定尤為關鍵。該條規定：「於街道、公園、建築物之外壁或其他向公眾開放之戶外場所長期展示之美術著作或建築著作，除下列情形外，得以任何方法利用之：一、以建築方式重製建築物。二、以雕塑方式重製雕塑物。三、為於本條規定之場所長期展示目的所為之重製。四、專門以販賣美術著作重製物為目的所為之重製。」

因此某甲就乙建築師享有著作財產權之建築著作，未經乙之同意或授權，擅自拍攝照片後並印製成新年月曆販賣，不論某甲有無施以創意，亦即不管某甲之行為

究係屬改作還是重製，也不問所拍攝出來的究係乙建築著作之重製物還是衍生著作，某甲既依著作權法第 58 條之規定「得以任何方法利用之」，均合乎合理使用而不構成對乙建築物著作財產權之侵害，某甲自既不負著作權法第 91 條第 2 項之「意圖銷售而擅自以重製之方法侵害他人之著作財產權」刑責，亦不負同法第 92 條之「擅自以改作之方法侵害他人之著作財產權」刑責，更不負同法第 88 條第 1 項侵害著作財產權之民事賠償責任，以其完全合法也。此亦所以電影攝影師可以到全世界各地拍攝各地之建築著作，再加以剪輯成一部電影並得公然發行販售，而不管該等建築著作有無著作財產權之原因。

又必須附帶一提的是，依照著作權法第 64 條規定，依第 46 條、第 51 條、第 58 條規定利用他人著作者，應明示其出處，而明示出處時，就著作人之姓名或名稱，除不具名著作或著作人不明者外，應以合理之方式為之。如漏未明示出處，且屬故意者，將有著作權法第 96 條刑罰之適用，利用人不得不慎。

案例十：網路上所謂的「共享軟體」(shareware)、「免費軟體」(freeware)、「公共軟體」(public domain software)或「沒版權的軟體」，是不是就沒有著作權問題提供共享軟體的註冊碼的人有法律責任嗎？覺得某電腦軟體的功能

第四輯　著作權法

不甚好用，能不能自己動手修改，讓它功能更強？可不可以將共享軟體上的權利人名稱或是它的授權條款拿掉？如果共享軟體上有做技術控制，能不能予以破解、進而將破解後的軟體提供他人[11]

問題：

電腦程式設計師慕容復已經好久沒有工作產出了，最近他混在網路上，發現了幾個號稱是「共享軟體」、「免費軟體」、「公共軟體」或「沒版權的軟體」的電腦程式都寫的很不錯，有些很好用、而有些如果稍加修改、增訂一下功能，就應該可以是很好賣錢的軟體。慕容復決定從「共享軟體」中，拿一個叫「西夏程式設計工具軟體」的軟體，來對「免費軟體」中的一個「大燕圖像處理軟體」做修改，希望做出一個功能強大的圖像處理軟體。

然而「西夏程式設計工具軟體」是「共享軟體」，只能試用 30 天，30 天期滿後如果不去向「西夏」的權利人付費 20 美元註冊取得註冊碼，就無法繼續使用。慕容復在使用「西夏程式設計工具軟體」30 天期滿時，對「大燕圖像處理軟體」的修改工作還沒完成，他就到 BBS

---

[11] 引至陳錦全：《著作權案例彙編》，智慧財產權局，網址：https://www.tipo.gov.tw/copyright-tw/cp-420-855955-55015-301.html，2025.02.04 上網。

上求助,結果有一個叫做「Cracker King」的網友提供給他「西夏程式設計工具軟體」的註冊碼,讓他可以不受限制的繼續使用「西夏程式設計工具軟體」來修改「大燕圖像處理軟體」。試問網路上的這些「共享軟體」、「免費軟體」、「公共軟體」或「沒版權的軟體」的電腦程式是不是沒有著作權問題?

解說:

1.「共享軟體」、「免費軟體」、「公共軟體」或「沒版權的軟體」不一定就是沒有著作權:對許多人而言,網路已經是生活的一部分,網路上的豐富資源常常令人一上網就捨不得離開,尤其在網路上有許多網頁和FTP站中都有各式各樣的軟體可以下載,於是軟體的「抓抓樂」是很多學生宿舍生活裡的重要活動。對網路上這些所謂的「共享軟體」、「免費軟體」、「公共軟體」或「沒版權的軟體」的下載行為是不是就沒有問題呢?下載行為是著作權法意義下的重製行為,而重製是著作財產權人的專屬權利,如果未經權利人授權、又沒有可以主張合理使用的情形,就會構成著作權侵害。在討論下載網路上的「共享軟體」、「免費軟體」、「公共軟體」或所謂的「沒版權的軟體」行為之前,我們要先來看什麼叫做「共享軟體」、「免費軟體」、「公共軟體」和「沒版權的軟體」:

第四輯　著作權法

(1)共享軟體：

　　所謂「共享軟體」，是指電腦程式的著作權人將其軟體讓人試用一段期間，試用期滿之後，該軟體基於著作權人當初的技術控制設定，會無法繼續使用，要向著作權人註冊取得註冊碼，將當初的技術控制設定解除，才能繼續使用。而向著作權人註冊的代價，有可能是付費，也有可能是為一定行為（例如應著作權人要求，捐款至特定慈善機構取得收據為證明；要求寄1張使用人所在國家的風景明信片；告訴著作權人使用後的意見等）。

　　……共享軟體的著作權人對其軟體享有完整的著作權（包括公開發表權、姓名表示權和禁止不當變更權三種「著作人格權」，和重製權、公開播送權、公開傳輸權、以移轉所有權方式之散布權、改作權、編輯權和出租權七種「著作財產權」），只是共享軟體的著作權人同意他的共享軟體在一段期間之內可以讓人試用而不構成著作權侵害而已。試用在著作權法上的意義就是「授權」，也就是共享軟體的著作權人對該軟體的使用者做了「附期間限制的授權」。而究竟使用者在共享軟體的試用期間內能做什麼？則要看試用期間內的授權利用範圍而定。共享軟體的授權利用範圍規定通常是放在一開始執行或安裝之前出現的授權契約之中，有的則是放在一個叫做「readme.txt」的檔案中。至於授權的內容則各個軟體不太一樣：

A.通常共享軟體都會「允許」使用者供個人利用的重製，也通常都「不允許」使用者以該共享軟體做營利行為。

B.通常共享軟體都「不允許」使用者變更或刪除著作權人的姓名、權利聲明、權利標示和授權範圍的相關訊息。

C.「有些」共享軟體「不允許」使用者繼續散布該軟體的重製物；「有些」共享軟體「允許」使用者將該共享軟體重製後做非營利的散布或以酌收重製成本（通常指所附著的光碟的成本）的方式散布，但「不允許」被放在網路上散布；「有些」共享軟體則「允許」使用者用任何方式散布該軟體。

D.「有些」共享軟體會「不允許」使用者修改程式碼，要求散布該軟體的重製物時,必須保持內容完整；「有些」共享軟體則會「允許」使用者修改程式碼，但必須通知著作權人、且必須將著作權人的原來版本與使用者所修改後的版本做說明後一起散布。

共享軟體試用期滿，就表示授權期間結束，此時，使用人除非依照該共享軟體的規定向著作權人註冊，否則就應該停止使用。多半放上網路的共享軟體設有技術限制，試用期間一到，該軟體就自動將功能凍結(disable)，讓使用者想用也無法用，但後來有些使用者

第四輯　著作權法

憑著對該軟體結構的了解，破解出該共享軟體的「註冊碼」，甚至可以做出所謂的「註冊機」（也是一種電腦程式），只要將該軟體的序號輸入，就可以運算出適用於該軟體的註冊碼。利用這種「註冊碼」和「註冊機」，使用者就可以破解該共享軟體的試用期間限制。各種共享軟體的「註冊碼」和「註冊機」常常可以在網路新聞論壇(newsgroup)的駭客版中找到，許多使用者在使用共享軟體試用期間屆滿時，會向網路新聞論壇中的其他網友求助，或以搜尋引擎例如雅虎中文和 Google 尋求共享軟體的「註冊碼」和「註冊機」在網路上可能的下落。

(2)免費軟體：

所謂「免費軟體」，是指電腦程式的著作權人將其軟體免費讓人利用，它和「共享軟體」不同之處在於「共享軟體」有試用期間的限制，而「免費軟體」沒有。免費軟體和共享軟體一樣，也是很好的介紹軟體產品的方式，可以增加該軟體的使用者、提升市場占有率，也可以透過使用者的使用心得回饋，讓軟體的缺點得以改進、功能得以提升，所以也有不少軟體在上市之前的測試階段會以免費軟體的方式在網路上提供測試版。

和共享軟體一樣，免費軟體的著作權人對其軟體也享有完整的著作權，包括公開發表權、姓名表示權和禁止不當變更權三種「著作人格權」，和重製權、公開播送

權、公開傳輸權、以移轉所有權方式之散布權、改作權、編輯權和出租權七種「著作財產權」，只是免費軟體可以讓人免費使用不必付費而已，在著作權法上的意義就是「授權使用者免費使用」。至於在免費之外，究竟免費軟體的使用者能做什麼？還是要看個別免費軟體的授權利用範圍而定。一般而言，免費軟體的授權利用的範圍做法和共享軟體差不多。

(3)公共軟體：

　　所謂「公共軟體」，是指電腦程式的著作財產權期間已經屆滿、或著作權人拋棄該軟體的著作財產權，因而使得該軟體處於公眾都可以使用的狀態。由於「著作人格權」不能拋棄，也沒有期間屆滿的問題（著作人活著的時候享有著作人格權、死後的著作人格利益還當作和活著的時候一樣給予保護），所以公共軟體的著作財產權雖然已經消滅而人人可以自由利用，著作人格權卻仍然不能侵害。

　　「公共軟體」和「共享軟體」與「免費軟體」不同之處在於「公共軟體」沒有著作財產權，只有著作人格權，而「共享軟體」與「免費軟體」則都有完整的著作人格權和著作財產權。所以，要利用「公共軟體」時，要注意不去侵害該軟體的三種著作人格權。

第四輯　著作權法

(4)沒版權的軟體：

　　「版權」這個常常可以在早期出版的書的封裏或封底內頁上看到「版權所有，翻印必究」----的詞，是以前對「著作權」一詞的用語。什麼是「沒版權的軟體」呢？其實這不是精確的法律用語,而是一般網友對一個他「認為」該軟體並未享有著作權的通俗說法，事實上，這種認知可能並不精確，也就是說，網友所認知的「沒版權的軟體」不見得就真的不受我國著作權法保護。在網路新聞論壇上和電子佈告欄上，就常常可以看到有些人誤以為「共享軟體」和「免費軟體」就是「沒版權的軟體」，也有網友誤以為到處都可以抓得到的軟體或是沒有做著作權標示的軟體就是「沒版權的軟體」。

　　至於哪些是真正「沒有著作權的軟體」？請參照例題 8 所述不受我國著作權法保護之著作來判斷，此處不再贅述。簡單的說，在我國加入世界貿易組織之後，沒有受到我國著作權法保護的電腦程式著作並不多，讀者不妨都先當成所有的電腦軟體都受我國著作權法保護。

　　2.利用網路上的「共享軟體」、「免費軟體」和「公共軟體」要注意授權範圍：在利用網路上的各種軟體的時候，比較安全的方式是，所有在網路上出現的軟體，都先把它當作是有著作權的軟體。尤其是有一些知名的商業軟體，千萬不要因為它被放上網路就以為它沒有權

利。其次，要注意該軟體有沒有授權契約、權利聲明或「readme.txt」檔案之類的文件，從這些文件的內容中，再去判別它的性質是屬於何種軟體，並在這些文件所允許的範圍內來活動。如果有需要做超過這些文件允許範圍的行為、或對是否在這些文件允許範圍內有疑義的時候，都應該用最保留的態度先不做，或是去徵詢著作權人的意見，或向著作權人請求就所想做的行為直接授權，才能確保使用者的利用行為不致構成侵害。

　　3.**提供共享軟體的「註冊碼」與「註冊機」的法律問題**：接著要討論的是，那些提供註冊碼或註冊機來幫助使用者破解共享軟體的使用期間限制的人，難道沒有問題嗎？……我國著作權法在民國93年修法時，增訂了第80條之2，就是在處理像提供註冊碼或註冊機這類對「技術保護措施」(Technology Protection Measure; TPM)進行破解行為的問題。國際上所稱的「技術保護措施」在我國著作權法第80條之2條文中稱為「防盜拷措施」，這是立法委員在審議著作權法修正草案時自做主張改的名詞，在原本著作權法主管機關提出的修正草案條文中，用的是和國際上一致的「技術保護措施」一詞。關於「技術保護措施」有兩方面要注意：A.我國著作權法保護哪幾種「技術保護措施」，B.我國著作權法禁止對何種「技術保護措施」做哪些行為及違反時之責任。

第四輯　著作權法

(1).我國著作權法所保護的「技術保護措施」的種類：

首先要提醒的是，大家可不要被現行法的「防盜拷措施」一語給誤導了，「防盜拷措施」並不是只管防止他人盜拷（未經授權擅自重製）的措施，在 93 年法第 3 條第 1 項第十八款中對「防盜拷措施」所做的定義為「防盜拷措施：指著作權人所採取有效禁止或限制他人擅自進入或利用著作之設備、器材、零件、技術或其他科技方法」，所以，93 年法要保護的「防盜拷措施」有兩類，一類是「禁止或限制他人『擅自進入』著作之設備、器材、零件、技術或其他科技方法」另一類則是「禁止或限制他人『擅自利用』著作之設備、器材、零件、技術或其他科技方法」。換言之，著作權人所採取的「技術保護措施」不論是用來控制別人接觸（Access）其著作，還是用來控制別人利用（包括 11 種著作財產權之利用）其著作，都是 93 年法「防盜拷措施」要保護的對象。所以千萬不要看到法條用語是「防盜拷措施」，就以為只有破解「控制他人擅自重製」的技術保護措施才違法，其實我國著作權法所保護的「防盜拷措施」包括「控制他人擅自接觸著作之技術保護措施」和「控制他人擅自利用（11 種著作財產權的利用）著作之技術保護措施」在內。

(2).我國著作權法對「技術保護措施」所禁止之行為與違反時之責任：

我國著作權法對「技術保護措施」之禁止行為主要分為兩種類型，一是所謂的「規避行為」，二是所謂的「準備行為」。「規避行為」是對技術保護措施直接做破解、繞道規避的行為，而在做「規避行為」時，有可能不須藉助規避裝置或軟體工具即可進行「規避行為」，也有可能須藉助規避裝置或軟體工具的幫助才能進行，提供規避裝置或軟體工具、使人可以藉以進行規避的行為就稱為「準備行為」，例如製造、輸入、或以出借、出租、讓與、各種方式提供規避裝置或軟體工具的行為，都是「準備行為」。比較複雜的是，我國著作權法的禁止行為包括：A.對「控制他人擅自接觸著作之技術保護措施」進行「擅自破解、破壞或以其他方法規避之行為」；B.對「所有類型的技術保護措施有破解、破壞或規避功能的設備、器材、零件、技術或資訊」進行「製造、輸入、提供公眾使用或為公眾提供服務之行為」。

換言之，我國著作權法只禁止對「控制他人擅自接觸著作之技術保護措施」進行規避行為，對「全部類型的技術保護措施」則都禁止進行準備行為。

在違反技術保護措施規定時之責任方面，對「控制他人擅自接觸著作之技術保護措施」進行規避行為時，其法律責任只有第 90 條之 3 的民事損害賠償責任；對「全部類型的技術保護措施」進行準備行為時，除第 90 條之 3 的民事損害賠償責任之外，還有第 96 條之 1 的

第四輯 著作權法

刑事責任，可以處 1 年以下有期徒刑、拘役或科或併科新臺幣 2 萬元以上 25 萬元以下罰金。以下說明我國著作權法對技術保護措施之禁止行為的規範：

A.禁止對「控制他人擅自接觸著作之技術保護措施」進行規避行為：93 年法第 80 條之 2 第 1 項規定：「著作權人所採取禁止或限制他人擅自進入著作之防盜拷措施，未經合法授權不得予以破解、破壞或以其他方法規避之。」本項是對所謂「規避行為」(circumvention act)的規範，包括「破解、破壞或以其他方法規避」之行為。本項所稱之「進入」即指「接觸」，所以本項所保護的「技術保護措施」僅限於「控制他人擅自接觸著作之技術保護措施」，所禁止的行為是對此種技術保護措施做擅自破解、破壞或以其他方法規避之行為。

換言之，本項是禁止對「控制他人擅自接觸著作之技術保護措施」進行「擅自破解、破壞或以其他方法規避之行為」，例如著作權人在他的電腦程式著作上採取密碼控制的技術保護措施禁止他人擅自接觸該電腦程式著作之內容時，如果對該密碼控制的技術保護措施做破解、破壞或規避之行為，就會違反本項規定，依第 90 條之 3 有民事上的損害賠償責任；如果是對「控制他人擅自利用（11 種著作財產權的利用）著作之技術保護措施」，進行擅自破解、破壞或以其他方法規避之行為，則不受本項規範所限制，例如著作權人在他的電腦程式著

作上採取防止利用人對該電腦軟體進行重製行為的技術保護措施禁止他人擅自重製該電腦程式著作時，如果對該禁止他人擅自重製的技術保護措施做破解、破壞或規避之行為，並不會違反本項規定，但是在破解之後，再下一階段對該電腦程式著作進行重製行為時，將依著作權法關於重製行為之規定處理，也就是此時的重製行為就不是技術保護措施的問題了，而是在對沒有技術保護措施的著作進行重製行為的情形，自然應該依一般著作被重製的情形處理。

除了對電腦軟體破解有專業知識的人之外，一般著作利用人並不具備破解技術保護措施的能力，因而會仰賴對電腦軟體破解有專業知識之人對技術保護措施進行破解、破壞或規避，才有利用被技術保護措施所保護的著作的機會。進行破解、破壞或規避行為之人，即為第80條之2第1項的規範對象，而其所破解、破壞或規避的對象必須是「控制他人擅自接觸著作之技術保護措施」。而當一個附有技術保護措施的電腦程式著作上的技術保護措施被破解、破壞或規避之後，就處於光溜溜沒有被技術保護的狀態下，其後對該電腦程式著作所進行的行為，就悉依著作權法對電腦程式著作之規定來處理了。

B.**禁止對「全部類型的技術保護措施」進行準備行為**：第80條之2第2項規定：「破解、破壞或規避防

第四輯 著作權法

盜拷措施之設備、器材、零件、技術或資訊,未經合法授權不得製造、輸入、提供公眾使用或為公眾提供服務。」本項是對「準備行為」的規範,包括「製造、輸入、提供公眾使用或為公眾提供服務」之行為。所適用的技術保護措施是「全部類型的技術保護措施」,包括「控制他人擅自接觸著作之技術保護措施」和「控制他人擅自利用(11種著作財產權的利用)著作之技術保護措施」。

　　換言之,對所有類型的技術保護措施有破解、破壞或規避功能的設備、器材、零件、技術或資訊,都禁止進行製造、輸入、提供公眾使用或為公眾提供服務之行為。例如電腦程式著作之著作權人在其軟體上採取密碼控制接觸的技術保護措施,而某甲提供有破解、破壞或規避該密碼控制功能的設備、器材、零件、技術或資訊時,就違反本項規定,而有第90條之3的民事賠償責任,同時有第96條之1第2款的刑事責任,而利用某甲提供的設備、器材、零件、技術或資訊而對某甲的破解密碼控制工具實際進行破解、破壞或規避行為之人,就違反第80條之2第1項規定,而有第90條之3的民事賠償責任。

　　又如電腦程式著作之著作權人在其軟體上採取控制重製的技術保護措施,而某甲提供有破解、破壞或規避該控制重製功能的設備、器材、零件、技術或資訊時,就違反本項規定,而有第90條之3的民事賠償責任,

同時有第 96 條之 1 第 2 款的刑事責任。但進一步利用某甲提供的設備、器材、零件、技術或資訊而實際進行破解、破壞或規避行為之人，由於某甲的破解控制重製之工具是去規避「控制他人擅自利用（11 種著作財產權的利用）著作之技術保護措施」，所以沒有違反第 80 條之 2 第 1 項規定的問題，只有當他更進一步對破解重製控制後的電腦程式著作進行著作權法對電腦程式著作保護之規定時，才會有著作權侵害的問題。

(3).我國著作權法對「技術保護措施」禁止行為的例外規定：

為了避免著作權人將其著作都以技術保護措施保護起來，讓一般著作利用人沒有依合理使用之規定利用著作的機會，同時避免因為對技術保護措施予以保護而影響到國家安全、妨礙網路安全與加密科技之研究與進步、對資訊自由流通造成負面影響，並避免著作權人以技術保護措施將有著作權之著作與著作財產權期間屆滿之著作綁在一起享受著作權法對技術保護措施之保護，我國著作權法於第 80 條之 2 第 3 項規定有 9 款不適用第 1 項與第 2 項規定之情形，包括：「A.為維護國家安全者。B.中央或地方機關所為者。C.檔案保存機構、教育機構或供公眾使用之圖書館，為評估是否取得資料所為者。D.為保護未成年人者。F.為保護個人資料者。G.為電腦或網路進行安全測試者。H.為進行加密研究者。

第四輯　著作權法

I.為進行還原工程者。J.其他經主管機關所定情形。」並於第 4 項中規定上述各款之內容，由主管機關定之，並定期檢討。主管機關智慧局於 93 年法修正之後已經委託學者就技術保護措施進行研究做成研究報告，不過智慧局對第 80 條之 2 第 3 項規定的 9 款內容則尚未做規範。

4.修改共享軟體等電腦程式著作的法律問題：如前所述，不論是「共享軟體」、「免費軟體」、「公共軟體」或「沒版權的軟體」，都不一定就是沒有著作權。如果這些軟體是有著作權的電腦程式著作，則對它們進行修改，會依情形不同而有進一步的著作權問題。如果覺得某電腦軟體的功能不甚好用，而自己動手修改，讓它功能更強，雖然不致構成侵害「禁止不當改變權」，但是會涉及對該共享軟體的改作權侵害。如果將共享軟體上的權利人名稱拿掉，會涉及著作人格權中的姓名表示權侵害的問題。將共享軟體上的權利人名稱和授權條款拿掉，還會進一步涉及權利管理電子資訊的問題。

民國 92 年法新增權利管理電子資訊的定義規定，並對移除或變更權利管理電子資訊之行為予以禁止，也對移除或變更之後的利用行為做了進一步規範。92 年法第 3 條第 1 項第 17 款規定：「權利管理電子資訊：指於著作原件或其重製物，或於著作向公眾傳達時，所表示足以確認著作、著作名稱、著作人、著作財產權人或其

授權之人及利用期間或條件之相關電子資訊；以數字、符號表示此類資訊者，亦屬之。」因此，共享軟體的著作權人在其軟體上放有著作、著作名稱、著作人、著作財產權人或其授權人及利用期間或條件之相關電子資訊時，即為本款所定義權利管理電子資訊。共享軟體的授權條款就是一種權利管理電子資訊。

92年法第80條之1第1項規定:「著作權人所為之權利管理電子資訊，不得移除或變更。」同條第2項規定:「明知著作權利管理電子資訊，業經非法移除或變更者，不得散布或意圖散布而輸入或持有該著作原件或其重製物，亦不得公開播送、公開演出或公開傳輸。」違反第80條之1規定時，有第90條之3的民事損害賠償責任，同時有第96條之1第1款的刑事責任，可以處1年以下有期徒刑、拘役或科或併科新臺幣2萬元以上25萬元以下罰金。因此，將共享軟體上所附的授權條款拿掉，是移除著作權人所為之權利管理電子資訊，會違反第80條之1第1項規定而有第90條之3的民事責任和第96條之1第1款的刑責。

共享軟體上所附的授權條款拿掉之後，又將該共享軟體進一步做下列行為時，則會違反第80條之1第2項規定而有第90條之3的民事責任和第96條之1第1款的刑事責任：A.散布行為。B.意圖散布而輸入該著作原件或其重製物之行為。C.意圖散布而持有該著作原件

第四輯　著作權法

或其重製物之行為。D.公開播送行為。E.公開演出行為。F.公開傳輸行為。

5.本題解答：

(1).慕容復下載「西夏」程式設計工具軟體和「大燕」圖像處理軟體部份：

「西夏」程式設計工具軟體是共享軟體，如果是該軟體的著作權人自行放上網路供大家試用，慕容復下載的行為應該就是已經得到該軟體著作權人授權的重製行為，將該軟體安裝在電腦中使用，安裝行為應該也是已經得到該軟體著作權人授權的重製行為。「大燕」圖像處理軟體是免費軟體，如果是該軟體的著作權人自行放上網路供大家免費使用，慕容復下載的行為和安裝在電腦中使用的行為，應該也是已經得到該軟體著作權人授權的重製行為。

(2).慕容復以「西夏」程式設計工具軟體來修改「大燕」圖像處理軟體部份：

慕容復以「西夏」程式設計工具軟體來修改「大燕」圖像處理軟體，希望做出一個功能強大的圖像處理軟體。修改是一種改作的行為，而改作權是著作財產權的一種，改的結果就算是比原來的軟體功能強大，還是不影響它身為「改作」的性質。「大燕」圖像處理軟體雖然

是免費軟體，仍然是一個有完整著作權的軟體，享有改作權，此時，慕容復要從該軟體的授權文件中判斷「大燕」軟體的著作權人是否允許使用人修改該軟體：（一）如果「大燕」軟體的著作權人允許使用人可以修改該軟體，慕容復修改的行為就不會有問題；（二）如果「大燕」軟體的著作權人沒有允許使用人修改該軟體，慕容復要修改「大燕」軟體來賣錢的行為又很難主張合理使用，就需要徵得「大燕」軟體的著作財產權人同意才能予以改作，否則會構成對「大燕」軟體的改作權侵害。

(3). 網友「Cracker King」提供「西夏」的註冊碼給慕容復，和慕容復用註冊碼來解除「西夏」的使用期間限制部份：

「西夏」軟體在試用30天期滿之後會無法使用，所以「西夏」軟體的著作權人是在該軟體上採取控制接觸（進入）的技術保護措施。網友「Cracker King」提供「西夏」軟體的註冊碼給慕容復，讓慕容復可以在試用30天期滿之後繼續使用「西夏」軟體，「Cracker King」的行為構成第80條之2第2項的準備行為（將具破解或規避「控制接觸之技術保護措施」功能之工具或資訊提供公眾使用之行為），而有第90條之3的民事賠償責任，同時有第96條之1第2款的刑事責任。慕容復將註冊碼用於「西夏」軟體，解除了該軟體的使用期間限制而繼續使用，構成第80條之2第1項的規避行為（擅

自破解或規避「控制接觸之技術保護措施」之行為），而有第 90 條之 3 的民事賠償責任，同時有第 96 條之 1 第 2 款的刑事責任。

(4).慕容復用「西夏」軟體當工具修改「大燕」軟體，涉及對電腦程式著作的改作行為：

　　慕容復用「西夏」軟體當工具修改「大燕」軟體之行為，縱使目的在使「大燕」的功能更強，仍涉及對「大燕」電腦程式著作的著作權人的改作行為，最好向著作權人取得改作權之授權。

(5).在利用共享軟體、免費軟體、公共軟體時，還要注意技術保護措施和權利管理電子資訊的問題：

　　如果共享軟體、免費軟體、公共軟體之上，其著作權人有採取技術保護措施，或是附加權利管理電子資訊時，還要注意著作權法對技術保護措施和權利管理電子資訊的相關規範，這部份由於修法不久，對民眾而言尚屬新的內容，宜特別留意……。

(二)、判例：

思想與表達合併原則與必要場景原則

裁判字號：智慧財產法院 103 年度民著訴字第 5 號民事判決

裁判日期：民國 103 年 12 月 30 日

裁判案由：侵害著作權有關財產權爭議等

智慧財產法院民事判決　103 年度民著訴字第 5 號

原　　　告：盧建榮

訴訟代理人：魏千峯律師

複代　理人：林耿鋕律師

被　　　告：遠流出版事業股份有限公司

法定代理人：王榮文（董事長）

訴訟代理人：幸秋妙律師
　　　　　　胡中瑋律師

複代　理人：張雅君律師

被　　　告：陳琮瑋

訴訟代理人：陳柏舟律師

上列當事人間侵害著作權有關財產權爭議等事件，經臺灣臺北地方法院 102 年度智字第 11 號裁定移送本院，本院於中華民國 103 年 11 月 25 日言詞辯論終結，判決如下：

主　文

原告之訴及其假執行之聲請均駁回。

訴訟費用由原告負擔。

第四輯　著作權法

事實及理由

一、程序方面：

原告起訴後於民國 102 年 11 月 1 日具狀更正訴之聲明（臺灣臺北地方法院 102 年度智字第 11 號卷第 55 頁），嗣於 103 年 3 月 11 日對訴之聲明第 1 項利息起算日當庭減縮自 102 年 11 月 15 日起算（本院卷㈠第 96 頁之言詞辯論筆錄），而於 103 年 4 月 14 日具狀撤回訴外人陳文雄、訴外人陳玉榛之起訴，並更正訴之聲明（本院卷㈠第 106 頁），又於同年 7 月 4 日具狀追加備位聲明（本院卷㈠第 255 頁），次於同年 8 月 5 日當庭將先位聲明第 1 項及備位聲明第 2 項利息起算日減縮自 102 年 11 月 15 日起算（本院卷㈡第 85 頁之言詞辯論筆錄），再於同年 9 月 12 日具狀變更訴之聲明，並撤回備位聲明之請求（本院卷㈡第 93 頁），經被告等同意（本院卷㈡第 233 頁之言詞辯論筆錄）。因原告減縮及撤回不甚礙被告等之防禦及訴訟之終結，亦皆得被告等同意，與民事訴訟法第 255 條第 1 項第 1、2、3、7 款、第 262 條第 1 項規定相符，自應准許。

二、原告聲明求為判決：

㈠被告遠流出版事業股份有限公司（下稱遠流公司）、被告丙○○應連帶給付原告新臺幣（下同）100 萬元，及自 102 年 11 月 15 日起至清償日止按年息百分之 5 計算之利息。㈡被告遠流公司、被告丙○○應刊登附表一所示道歉啟事於蘋果日報、自

由時報、聯合報及中國時報之全國版頭版報頭下一單位1日。第1項請求，原告願供擔保，請准予假執行。並主張：

㈠原告於69年7月間著作戰略家叢書「曹操—亂世之能人、野戰之天才、中國兵學之推廣者」一書（下稱系爭著作），並由聯鳴文化有限公司出版。訴外人陳文德竟於80年1月1日抄襲多處戰略家叢書之文字、圖表著成「曹操爭霸經營史㈠㈡㈢」共三冊（下稱被控著作1），並由被告遠流公司出版，甚於92年間將三冊合為一冊出版「曹操爭霸經營史」（下稱被控著作2），98年間更發行電子書，供讀者付費下載。經比對系爭著作與被控著作1、2，共有44處文字（如附表所示）及3處圖（如附件1至3所示）相似或相同之處，被告等未經授權，進而出版販賣，顯已侵害原告之系爭著作。

㈡原告知悉上情後，旋於100年1月14日委任律師代為發函予被告遠流公司，告知其涉及侵害著作權一事，被告遠流公司於同年月21日回函告稱，陳文德於99年間已逝世，陳文德著作之著作管理事宜均交由陳文德侄子即被告丙○○處理，被告遠流公司願暫將陳文德著作下架回收。嗣後原告與被告遠流公司就侵害著作權損害賠償進行協商不成，遂提起本訴。爰依著作權法第88條第1項、第3項、第89條、《民法》第184條、第185條、第197條第2項及第179條規定，請求被告等連帶給付如訴之聲明之金額，並登報道歉。

第四輯　著作權法

三、被告遠流公司聲明求為判決：㈠駁回原告之訴，㈡願供擔保免為假執行。並抗辯：

㈠系爭著作與被控著作 1、2 間並不構成抄襲：

1. 系爭著作附圖 1 至 3 之地圖部分原告並非著作權人：⑴系爭著作附圖 1 至 3，原告稱其委請訴外人文化大學地理研究所博士陳文尚所繪，故事實上系爭著作附圖 1 至 3 之地圖之真正著作權人應為訴外人陳文尚，並非原告。⑵又系爭著作附圖 1 至 3 之地圖原創性顯有不足，觀察原告提出之附件 1 至 3，分別以「匡亭之戰」、「南皮之戰」、「柳城之戰」之事實為基礎所繪製，兩軍何處交戰、行軍路線、各戰場之交會點、各縣治、郡治之相對位置均是依事實所描繪，俱為歷史「事實」，基於事實不受著作權保護之法理，原告自無著作權可主張。⑶原告與陳文德著作間就地名之標示使用不同的字，例如附件 1 系爭著作稱「鄧城」，陳文德著作則使用「甄城」，恰好與陳文德著作中文字部分使用之「甄城」相符，且陳文德係以電腦繪出「匡亭之戰」、「南皮之戰」、「柳城之戰」之交戰過程，相比之下陳文德著作自是更為精確，兩者之視覺表達效果不相同，兩者之表達顯然並不相同。⑷縱認為系爭著作具有原創性而兩著作之間已具備實質近似，然而基於思想與表達合併原則，「匡亭之戰」曹操行軍路線即是從「鄧城」出發至「匡亭」，況且「匡亭之戰」之戰況史書上均有記載，根本不容他人任意改竄，基於同一觀念、背景事實之下，受到觀念及事實之侷限，並依

據相同之歷史事實而繪製成地圖，當然僅有一種或有限的表現形式之方式，如著作權法限制該表現形式之使用，無異使思想為原告所壟斷，不只人類文化、歷史之發展將受影響，憲法上言論、講學、著作及出版自由之基本人權保障亦無由達成。是以，縱認為兩著作之間已具備實質近似，然基於思想與表達合併原則，並不構成著作權之侵害。

第四輯　著作權法

2. 比較附表編號 1 至 44 之之系爭著作與被控著作 1、2 文字部分,兩者並不相似:

⑴原告雖屢稱訴外人陳文德抄襲原告之誤,將「閻忠」誤植為「審忠」云云,惟歷史上「閻忠」與「審忠」同為東漢時期之人,實際上根本不同人,各有其歷史記載,「閻忠」為東漢涼州人,曾勸皇甫嵩政變但不成功,此人亦善於識人,例如:賈詡少年時並不出名,僅有閻忠一人看穿其長才,並讚美賈詡有張良、陳平之奇,後於西元 189 年被涼州叛軍強行推為首領以取代王國,以此為恥,不久憤恨病死;而「審忠」官拜郎中,並於漢靈帝光和二年時,曾上書批判宦官,此有資治通鑑記載,訴外人陳文德非常清楚知悉「閻忠」、「審忠」根本為不同人,更可徵訴外人陳文德根本並非接觸參考系爭著作而創作。

⑵比較編號 2、26、36,原告主張陳文德著作有「傀儡」、「周文模式」以及「世襲奴兵制」抄襲系爭著作。可見原告所謂之抄襲,其實是指思想、概念之抄襲,並非著作權法判斷抄襲之標準,而原告自始至終都是以其所提出之「非典型模式」評價被控著作。且原告所指被控著作 1、2 抄襲之處,包含「傀儡」、「周文模式」以及「世襲奴兵制」等等,均屬於通用之名詞或者是原創性過於低微,絕非屬於著作權法保護之客體。

⑶又兩著作僅止於構想、概念雷同,但表達並不相同者,例如附表編號 1 、12、20、22、26、42;

又兩著作相同之部分僅為事實部分者則為附表編號7、8、12、13、16、17、18、19、20、29、30、31、32、34、39、40、41。又或者兩著作間具有共同來源，惟兩著作表達並不相同部分例如，附表編號1、3、4、6、7、11、14、15、25、26、33、43及兩著作均在描寫相同之歷史事實，而表達並不相同部分，例如附表編號2、8、10、17、18、19、22、23、24、27、28、34、35、36、37、38、41。

(4) 兩著作均參考引用史書上曾經記載之事實，基於該等事實性資料之性質，僅有極少或唯一之正確表達方式，依據著作權法之「合致」(merge)理論，被告譯文縱與原告譯文相似，仍不得謂被告有侵害著作權，此即著作權法之「合致」理論，並已為我國司法實務所承認。系爭著作與被控著作均參考引用史書上曾經記載之事實，基於該等事實性資料之性質，僅有一種或少數有限幾種之表現形式，依據著作權法「思想與表達合致理論」，被控著作縱與系爭著作相似，仍不得謂被控著作有侵害系爭著作之著作權，兩著作均為基於相同之思想下，而僅有一種或少數幾種之表現形式，原告不能享有著作權法之保障部分，例如附表編號18、19、20、21、22、23、31、32、34、35、36、37、38。

(二) 法人為法律上擬制之人格，並無實施侵權行為之能力，業經最高法院多數見解肯認在案，訴外人陳文德

第四輯　著作權法

亦非被告遠流公司之董事或代表機關，原告主張被告遠流公司應負侵權行為之責顯無理由。

(三) 原告並未舉證被告有何共同侵權行為之事證；訴外人陳文德依法已向被告遠流公司擔保其所提供之著作具有著作權及出版授與之權，且無違背著作權法、出版法及其他法規，被告單純相信陳文德之擔保，故無侵害他人之故意或過失；且被告公司事後知悉被控著作內容涉有侵權爭議，在未經過任何法院作出最終之判決之前，被告公司仍先將被控著作全面下架回收，是以根本不具侵權之故意或過失。

(四) 原告請求權早已罹於時效：

被控著作於 80 年即已出版、92 年再版，該著作問世將近 20 年期間，原告與訴外人陳文德同為歷史學者，專長皆為研究中國古代文化史，原告怎可能完全不知悉被控著作。又原告在侵權著作出版 20 年間毫無作為，等到訴外人陳文德去世滿百日後，才發函通知被告遠流公司指稱被控著作抄襲系爭著作，並在訴訟上要求百萬賠償金，原告 101 年 10 月 31 日所提出起訴狀早已自承本件時效已完成。

四、被告丙○○聲明求為判決：(一)駁回原告之訴；(二)願供擔保免為假執行。並抗辯：

(一) 被控著作 1、2 與系爭著作並不相同：

1. 系爭著作僅 218 頁，惟被控著作則多達 802 頁，僅有該幾處相同，豈是抄襲？且歷史文獻本即多方

參考,原告難道未曾參考歷史文獻?被告若與原告參考相同之文獻,則當然有會相同之處,但又豈能以幾處之雷同而證明其著作有抄襲之侵權情事?原告又謂訴外人陳文德於撰寫被控著作時,系爭著作尚於市場上流通,訴外人陳文德自有合理之機會與可能性接觸系爭著作,原告此種判斷方式,可稱為一網打盡法,以此標準,只要之在後出版者,必定接觸在前出版者,此種見解實不足採信。

2. 附件1至3系爭著作地圖所繪製之戰役圖,原告既自承該等圖表係委請文化大學地理研究所博士陳文尚所繪製,則著作人應為訴外人陳文尚,而非原告。

3. 就附表編號1,系爭著作表達為「成敗的利害」,被控著作則為「政治利害」,二者之表達顯然不同,以原告前開標準,自然有所不同。又附表編號6,系爭著作表達為「最後以不恥當傀儡而病死」,被控著作表達則為「不久卻發現自己衹是傀儡,遂憂憤以終」,前者表達為「病死」,後者表達為「憂憤」,天差地別,表達完全不同,亦無抄襲之問題。

4. 附表編號11、26等其餘原告所提出主張之部分,事實上原告係將其分散於著作數頁之部分截取,並將訴外人陳文德分散於數頁之相類部分截取,重新排列在一起,造成通篇都是雷同之假象,原告此舉反而證明需經動過手腳之後,二著作才有表達相類之問題,反之,若未經過剪接,即無表達相類之問題。被告再次重申,原告及被控著作為歷史之事

第四輯　著作權法

實，本即有相當程度之相似性，今縱使再由第三人來寫關於曹操之生平，經參考各種史實之後，亦應是會出現諸多相類之部分，原告自不能將之相類部分剪接在一起而主張被告侵害其著作權。

5. 附表編號 22 系爭著作為「袁紹，他在人力、物力上具有優勢」，為原告對當時局勢之主觀判斷，然而，人力物力是否有優勢，為相對之概念，可與相較者客觀上評斷何者為優，何者為劣，怎會成為原告之「主觀判斷」？又例如，附表編號 34 系爭著作為「曹操任用將領之來源，係原告依主觀見解整理史料得來，並非歷史事實」，然而，歷史人物「任用將領之來源」，當然是歷史事實，如果不是歷史事實，難道是原告所無中生有？該等將領人物難道都是原告所獨創嗎？原告又主張「建安十六年以後關隴地區軍務，總是掌握在夏侯淵手中，到他陣亡為止」為原告整理史料得出之，更是難以想像，歷史上特定時間特定地區之軍務由誰掌握，就是一個確定之事實，怎會是原告所整理出？難道不經原告整理，該時間該地區之軍務就不是夏侯淵所掌握？可知原告空言此等歷史事實為其主觀見解，實不足採信。

6. 系爭著作之內容與被控著作 1、2 之內容並不相同，系爭著作為歷史事件並非原告所獨創，學者就歷史事件之評價或看法，難免有雷同之處，前開二者文字完全不同，縱有看法類似，又豈能認為抄違反著作權法？況「觀念」在著作權法上並無獨占之排他

性，人人均可自由利用，源出相同之觀念或觀念之抄襲，並無禁止之理。且系爭著作與被控著作，許多部分都是講述一件歷史事件，僅以不同之表達方式敘述，若依原告標準主張此為侵害著作權之態樣，則任何人皆無法描述該歷史事件，因為不論如何，必然與系爭著作類似，豈能將歷史事件認定為原告所獨享之著作？而附件1至3系爭著作之地圖部分，其歷史地圖所顯示者，為歷史與地理，然此二者皆為客觀存在之事實，豈能由原告獨享著作權？

(二)被告丙○○非侵權行為人，亦無侵權之故意或過失：

1. 訴外人陳文德因並未留有子祀，被告丙○○為其姪子，代其繼續收取版稅，並用以支應訴外人陳文德祭祀事宜，此為基本人倫之正常表現。而被告所從事者，並非歷史著作之相關行業，加之該著作已發行20年皆無著作權之爭議，依著作權法第89條之1規定，被告丙○○自是因此認為該著作應無著作權侵害之問題，而被告遠流公司於接收原告通知侵權爭議訊息，立即下架，足認被告絕非故意或過失侵害原告之著作權而繼續收取版稅。

2. 至原告起訴主張被告丙○○與遠流公司共同侵權20餘年，實屬無稽，蓋縱認被告有確認著作有無侵權之義務而有過失，於被告承受版稅收取權利前，當然無共同侵權之問題，豈能全部認定為被告之賠償義務？

第四輯　著作權法

3. 被告丙○○僅繼受其著作之版稅收取權利，並未與訴外人陳文德依《民法》第 301 條規定，訂定承擔其侵權賠償義務之契約，則豈能由被告負賠償之責任？況依著作權法第 36 條第 3 項規定，原告既未舉證被告受讓侵害著作權之賠償義務，自應推定陳文德未就該義務讓與被告。

(三)原告請求賠償之依據應先予確定，始能調查證據：

1. 原告當無捨客觀交易上之損害而憑空抽象主張著作權法第 88 條第 3 項之理。

2. 原告主張損害之計算乃依著作權法第 88 條第 3 項計算之，然原告應先就該法第 88 條第 2 項第 1 款或同項第 2 款擇一主張，並具體舉證之，不易證明實際損害者，始能請求法院依侵害情節酌定賠償額。原告起訴主張不易證明其實際損害額而請求法院酌定賠償 100 萬元，顯然是主張第 1 款，然依該款但書規定，即原告應先舉證所受損害，或舉證依通常情形可得預期之利益，減除侵害後行使同一權利所得利益之差額，為其所受損害，原告所受之損害，亦即其著作銷售量之消長，自有其出版公司銷售紀錄及給付原告之報稅扣繳憑證可資查證，原告主張不易證明其實際損害額，絕非事實，當無捨此等客觀交易上之金額而憑空抽象主張之理。

3. 如認被告丙○○應予賠償，由於被告丙○○乃承繼訴外人陳文德之版稅收取權利，則自應計算原告於訴外人陳文德死亡前，因該著作所獲得之利益，及

因訴外人陳文德死亡後，系爭著作發行所獲得之利益，減除侵害後行使同一權利所得利益之差額，即為原告之實際損失額。

㈣縱認被告丙〇〇受讓著作財產權，亦應適用或類推適用著作權法第 87 條第 1 項第 6 款，並類推適用《民法》繼承之規定，限制其賠償責任：

1. 被告丙〇〇並非著作人，亦非該等著作領域之專家，並無判斷該等著作有無侵害著作權之能力，自應適用或類推適用著作權法第 87 條第 1 項第 6 款之規定，於被告「明知」此等著作為侵害著作權之物而散布者，始能視為侵害著作權。蓋受讓人一方面無從考證著作權是否抄襲，更無法預測可能面對之求償風險，既無故意或過失，自無課其賠償義務之理。

第四輯　著作權法

2. 依最新修正《民法》第 1148 條第 2 項規定，立法目的即在於避免繼承人承受無從得知、無法預測之被繼承人生前債務風險，致桎梏終生。被告並非該等著作領域之專家已如前所述，若僅因繼受版費收取權利而須面對數以萬倍之賠償風險，恐亦與前開修正之立法意旨所揭示之精神相違背，是故應類推適用前開繼承編之規定，以被告就該等侵權著作所收取版費之範圍為限，始負賠償責任，方符公平正義之法理。

(五)原告請求權已罹於時效：

1. 原告主張其「沉浸在有關漢末、三國的史料堆，以及由現代學者所著三國史研究的書文等二手資料中，打滾超過十年以上」、「已知從政治學、歷史地理學，以及文學批評等三種治史工具與跨學科研究方法，在從事曹操的研究」，但被控著作於 80 年出版，至今已長達 20 餘年，若原告為專業沉浸在有關漢末、三國的史料堆之學者，不可能長達 20 年時間，不知道市面上有知名出版社出版關於「曹操」之著作。

2. 原告曾於 100 年 1 月 14 日委請王嘉寧律師發函予被告遠流公司，主張其著作受侵害，依著作權法第 89 條之 1 第 1 項規定，其賠償請求權因 2 年間不行使而消滅，原告至遲應於 102 年 1 月 13 日前提起本件訴訟，卻於 102 年 10 月 31 日始提起本件訴訟，其請求權自已消滅。

3. 被控著作完成於 80 年，著作權法第 89 條之 1 後段規定，則自 80 年起算 10 年，原告請求權之時效，於 90 年即行消滅，原告豈又能再於 102 年起訴主張之？

4. 訴外人陳文德於 99 年 8 月 25 日往生，原告得知訴外人陳文德死訊後，隨即於 100 年 1 月 14 日委請律師發函主張著作權。然而訴外人陳文德之著作已上市 20 年，為何原告選在訴外人陳文德往生後才主張權利？惟一之可能性就是「死無對證」，原告主張訴外人陳文德抄襲，然而，歷史事實著作本即多方參考前人之著作，訴外人陳文德究竟從何參考？為何有與原告相雷同之處？只有訴外人陳文德能說明，豈可能由第三人從無數之歷史資料中，找出相類處之同源出處？訴外人陳文德作古後，再也無人可提出反證，是故任由原告主張。而如前所述，連歷史上特定時間特定地區之軍務由誰掌握，原告都認為是原告之主觀見解，則依此標準，恐怕後人再也無法論及曹操之史實了。

(六)被告並無刊登道歉啟事之必要：

1. 縱認被控著作 1、2 因參考原告之著作而侵害著作權，然被告丙○○並非系爭著作之著作人，亦非與出版商洽談出版事宜之人，僅繼受訴外人陳文德收取版費之權利，被告並未受讓賠償義務，自亦無令被告登報道歉之理。

2. 系爭著作已發行 20 餘年,自訴外人陳文德死亡至今,原告與訴外人陳文德之著作,於市場上是否仍有大量之銷售,已非無疑,被控著作於訴外人陳文德死亡後,是否真有造成原告之損害,亦即被告丙○○於承受版稅以來,縱有侵權之情事,亦應只是造成原告些微之損害,則原告主張之道歉啟事謂「使盧氏損失重大」,恐非事實,自無刊登之必要。

五、經查下列事實,有各該證據附卷可稽,且為兩造所不爭執(本院卷㈠第 97 頁、卷㈡第 86 至 87 頁),自堪信為真實。

㈠原告於 69 年 7 月間著作戰略家叢書「曹操」(封面記載曹操亂世之能人、野戰之天才、中國兵學之推廣者)一書(即系爭著作),並由聯鳴文化有限公司出版。

㈡訴外人陳文德與被告遠流出版事業股份有限公司(即遠流公司)共同於 79 年 12 月 1 日簽訂「出版權授受契約」,於 80 年 1 月 1 日陳文德著成「曹操爭霸經營史㈠㈡㈢」共三冊(即被控著作 1)並出版,甚於 92 年間將三冊合為一冊出版「曹操爭霸經營史」(即被控著作 2),98 年間更發行電子書,供讀者付費下載。

㈢原告於 100 年 1 月 14 日委任王嘉寧律師代為發函予被告遠流公司告知其涉及侵害著作權一事(原證 3),被告遠流公司於 100 年 1 月 21 日回函告稱,訴外人陳文德於 99 年間已逝世,其著作之著作管理事宜均交由訴外人陳文德侄子即被告丙○○處理,被告遠流公司願暫將訴外人陳文德著作下架回收。

故事編撰技巧

六、得心證理由：

(一)附表所示系爭著作與被控著作1、2欠缺實質近似性：

1. 按著作權法所保障之著作，係指屬於文學、科學、藝術或其他學術範圍之創作，著作權法第3條第1項第1款定有明文。故除屬於著作權法第9條所列之著作外，凡具有原創性，能具體以文字、語言、形像或其他媒介物加以表現而屬於文學、科學、藝術或其他學術範圍之創作，均係受著作權法所保護之著作。而所謂「原創性」，廣義解釋包括「原始性」及「創作性」，「原始性」係指著作人原始獨立完成之創作，而非抄襲或剽竊而來；而「創作性」係指應達到一定程度內涵之創作，足以表現著作人之個性思想。故文學、科學、藝術或其他學術範圍之創作，非抄襲他人著作，而足以表達作者之個性或獨特性者，具有原創性，因此享有著作權，受到著作權法之保護。又按著作係指屬於文學、科學、藝術或其他學術範圍之創作，著作權法第3條第1項第1款定有明文。同法第10條之1規定：「依本法取得之著作權，其保護僅及於該著作之表達，而不及於其所表達之思想、程序、製程、系統、操作方法、概念、原理、發現。」因此，著作權之保護標的僅及於表達，而不及於思想、概念，此即思想與表達二分法。蓋思想、概念性質上屬公共資產，若將著作權保護範疇擴張至思想、概念，將無形箝制他人之自由創作，有失著作權法第1條所揭櫫「保障著作人著作權益，調和社會公共利益，促進國家

第四輯　著作權法

文化發展」之立法目的。再查，思想或概念若僅有一種或有限之表達方式，則此時因其他著作人無他種方式或僅可以極有限方式表達該思想，如著作權法限制該等有限表達方式之使用，將使思想為原著作人所壟斷，除影響人類文化、藝術之發展，亦侵害憲法就人民言論、講學、著作及出版自由之基本人權保障。因此，學理上就著作權法發展出思想與表達合併原則（The merger doctrine of idea and expression），使在表達方式有限情況下，該有限之表達因與思想合併而非著作權保護之標的。因此，就同一思想僅具有限表達方式之情形，縱他人表達方式有所相同或近似，此為同一思想表達有限之必然結果，亦不構成著作權之侵害。是所謂「觀念與表達合併原則」，係指若某一「觀念」之「表達」極其有限，無法以不同「表達」呈現某一相同「觀念」時，「觀念」與「表達」即已合一。這些有限的「表達」本身，由任何人完成，均會有相同之呈現，已不具著作權法所要保護的「創作性」，且若保護這些有限的「表達」，實質上會保護到其所蘊涵之「觀念」，故這些有限的「表達」不得受著作權法保護。再者所謂「必要場景原則」，則是對於「觀念與表達合併原則」之補充，其係指在處理特定主題之創作時，實際上不可避免地必須使用某些事件、角色、布局或布景，雖該事件、角色、布局或布景之「表達」與他人雷同，但因係處理該特定主題所不可或缺，或至少是標準之處理方式，故其「表達」縱使與他人相同，亦不構成著作權之侵

害。例如，關於歷史事實之創作。又按所謂著作「抄襲」，其侵害著作權人之著作財產權主要以重製權、改作權為核心，原告必須證明被告有為有形的或無形的重製行為；對於後者如無直接證據，原告應舉證證明被告有「接觸」其著作，及被告著作之表達「實質類似」於原告著作之表達。若被告著作與原告著作「極度類似」到難以想像被告未接觸原告著作時，則可推定被告曾接觸原告著作。又所謂「實質類似」，指被告著作引用原告著作中實質且重要之表達部分，且須綜合「質」與「量」兩方面之考量。

2. 經查，被告遠流公司於 80 年 1 月 1 日、92 年經訴外人陳文德二次授權，出版侵權著作 1、2 等事實並不爭執，而系爭著作與被控著作 1、2 是否符合實質相似之要件，而構成重製侵害，仍要視兩者之內容是否構成實質相似以定之且該實質相似部分係其表達部分，且不違反前所述之「觀念與表達合併原則」及「必要場景原則」。

3. 經比對附表編號 1 至 44 所示著作內容，皆有出現於系爭著作與被控著作 1、2 之著作內，可認附表編號 1 至 44 所示著作皆真實存在，惟查：

⑴就系爭著作與被控著作 1、2 之比較結果如附表「有無實質近似」一欄所示，經核原告所主張之類似處，兩著作主題係分別對相同背景之三國歷史，做不同形式之描述方式，其中多處人名、地理名、時間名、狀態等相同為必然，因三國背景

第四輯　著作權法

史料係有限的表達本身，由任何人完成，均會有相同之呈現，使在表達方式有限情況下，即敘述三國歷史有限之表達因與思想合併，已非著作權保護之標的，依「觀念與表達合併原則」，已不具著作權法所要保護的創作性，惟除前揭三國背景史料外，兩著作其餘用語、文字舖陳則全然不同，難認表達有何實質類似之處。

(2) 且被控著作 1、2 已顯現作者即訴外人陳文德之個性或獨特性，雖被控著作 1、2 著作內容之陳述過程及配置，有許多部分內容與系爭著作有類似或相同之處，但係在處理特定三國歷史戰爭主題之創作時，實際上不可避免地必須使用當時事件、角色、布局或布景，雖該事件、角色、布局或布景之表達與系爭著作雷同，但因係處理該特定主題所不可或缺，或至少是標準之處理方式，故其表達縱使與系爭著作人相同，亦不構成著作權之侵害，且該部分的內容均屬於描述性質，且為眾所皆知之基礎史料，因描述對象相同均為三國史料，以三國之歷史背景包含人、事、時、地、物等為描述基礎，所以在描述字眼的選擇上受到歷背景的限制，而有相同或類似的用詞，故有小部分用語相同，依前所揭諸的「必要場景原則」，此部分的表達並不受著作權法保護，惟其餘文字及舖陳則迥異，是被控著作 1、2 與系爭著作間，尚不足認表達有何類似之處。

(3)綜上，系爭著作中僅如附表所示之歷史背景於被控著作 1、2 中有類似之表達，而該部分又受限於「觀念與表達合併原則」、「必要場景原則」而不受著作權法保護，且亦無證據顯示該部分為系爭著作之精髓所在，是綜合類似部分之「質」與「量」以觀，尚難認被控著作 1、2 著作與系爭著作構成實質類似，原告主張被控著作 1、2 抄襲系爭著作，尚嫌無據。

(二)附件 1 至 3 之系爭著作附圖 1 至 3 欠缺原創性：

1. 按當事人主張有利於己之事實者，就其事實有舉證之責任，民事訴訟法第 277 條定有明文。又按，我國著作權法係採創作主義，著作人於著作完成時即享有著作權，然著作權人所享著作權，仍屬私權，與其他一般私權之權利人相同，對其著作權利之存在，自應負舉證之責任，故著作權人為證明著作權，應保留其著作之創作過程、發行及其他與權利有關事項之資料作為證明自身權利之方法，如日後發生著作權爭執時，俾提出相關資料由法院認定之。此外著作權法為便利著作人或著作財產權人之舉證，特於著作權法第 13 條明定，在著作之原件或其已發行之重製物上，或將著作公開發表時，以通常之方法表示著作人、著作財產權人之本名或眾所週知之別名，或著作之發行日期及地點者，推定為該著作之著作人或著作權人。所謂保留創作過程所需之一切文件，作為訴訟上之證據方法，例如美術著作創作過程中所繪製之各階段草圖。因此，著

第四輯　著作權法

作權人之舉證責任，在訴訟上至少必須證明下列事項：㈠證明著作人身分，藉以證明該著作確係主張權利人所創作，此涉及著作人是否有創作能力、是否有充裕或合理而足以完成該著作之時間及支援人力、是否能提出創作過程文件等。㈡證明著作完成時間：以著作之起始點，決定法律適用準據，確定是否受著作權法保護。㈢證明係獨立創作，非抄襲，藉以審認著作人為創作時，未接觸參考他人先前之著作（最高法院 92 年度臺上字第 1664 號刑事判決參見）。

2. 著作權法第 5 條第 1 項第 6 款規定圖形著作係屬著作權法所保護之著作，而依內政部 81 年 6 月 10 日發布之「著作權法第 5 條第 1 項各款著作內容例示」第 2 點第 6 款規定：

「圖形著作：包括地圖、圖表、科技或工程設計圖及其他之圖形著作。」原告所提出如附件 1 至 3 所示之系爭著作附圖 1 至 3 地圖部分，係屬圖形著作，惟被告等抗辯系爭圖形著作並不具原創性或創作性等語。參諸前揭舉證分配原則，原告應就其系爭圖形著作之原創性或創作性積極事實舉證以實其說。茲論述如後：

⑴原告主張附件 1 至 3 之系爭著作附圖 1 至 3 戰役圖，係原告以清末民初楊守敬所著《歷代輿地沿革圖》為基底，並參以《三國志》等史料而選取製圖範圍，增刪地圖內之河川、都市後加上各戰役之行軍路線所繪製而成如附件 1 至 3 之系爭著

作附圖1至3之「匡亭之戰」、「南皮之戰」、「柳城之戰」等3戰役圖云云。

(2) 經查，原告雖提出證明，證明其完成附件1至3系爭著作附圖1至3地圖之源由，藉以證明系爭著作確係其所創作，並亦證明系爭著作完成時間。然就關於「證明係獨立創作，非抄襲，藉以審認著作人為創作時，未接觸參考他人先前之著作」部分，經查；①比較原證38郡縣圖與附件1系爭著作附圖1戰役圖（本院卷㈡第287頁），顯然系爭著作附圖1戰役圖乃依據《歷代輿地沿革圖》之歷史地圖所繪製而成，僅為原郡縣地圖之縮減版，並無獨立創作因素。②比較原證44郡縣圖與附件2系爭著作附圖2戰役圖（本院卷㈡第290頁），顯然系爭著作附圖2戰役圖乃依據《歷代輿地沿革圖》之歷史地圖所繪製而成，僅為原郡縣地圖之縮減版，並無獨立創作因素。③比較原證48郡縣圖與附件3系爭著作附圖3地圖（本院卷㈡第293頁），顯然系爭著作附圖3戰役圖乃依據《歷代輿地沿革圖》之歷史地圖所繪製而成，僅為原郡縣地圖之縮減版，並無獨立創作因素。(3)綜上可知，附件1至3之系爭著作附圖1至3地圖，僅為抄襲《歷代輿地沿革圖》歷史地圖之縮減內容版本，另外增加有如一般國中、高中教科書內之箭頭示意圖，顯然無法表達出原告獨立創作之高度，而該箭頭為一般普通受過高中地理或歷史教育之人，即可做出之畫作，

第四輯　著作權法

非原告之獨立創作，不具有原創性、創作性，而不應認其具有排他性之效力。

(三)被控著作1、2未侵害原告之系爭著作：

按因故意或過失不法侵害他人著作財產權者，負損害賠償責任，著作權法第88條第1項前段定有明文，適用本規定，須著作權人之著作受他人不法侵害為前提，若無不法侵害他人著作或創作物非著作權法保護之著作，即不得依本規定請求損害賠償。經核原告指摘被告抄襲其如附表及附件1至3附圖所示等處，惟系爭著作內容均屬一般基礎歷史常識，或稍有研究之人即可得知，因被控著作1、2與系爭著作所描述對象、時間、空間相同，所以在描述字眼的選擇上受到限制或重疊，相同或類似的用詞就難以避免，依上揭說明之「思想與表達合併原則」及「必要場景原則」，縱被告此部分表達方式有所相同或近似，此為同一思想表達有限之必然結果，尚難認被控著作抄襲原告之系爭著作。另附件1至3系爭著作附圖1至3，僅為一般性地圖不具原創性，自不得依著作權法請求排除侵害，故原告主張被控著作1、2及附件1至3被控著作附圖1至3侵害其上揭系爭著作財產權，尚嫌無據。

七、綜上所述，原告未能證明訴外人陳文德有抄襲系爭著作之侵害著作權行為，且附件1至3關於系爭著作附圖1至3部分並不具著作權法所定之原創性，則原告主張被告等侵害其著作財產權，依著作權法第88條第1項、第3項、第89條、《民法》第184

條、第 185 條、第 197 條第 2 項及第 179 條規定，請求被告等連帶給付如訴之聲明之金額，並登報道歉，均無理由，應予駁回。原告之訴既經駁回，其假執行之聲請，亦失所附麗，併予駁回。

八、本件事證已臻明確，兩造其餘攻擊防禦方法，核不影響判決結果，爰不予一一論述，附此敘明。

據上論結，本件原告之訴為無理由，依智慧財產案件審理法第 1 條，民事訴訟法第 78 條，判決如主文。

中華民國 103 年 12 月 30 日

智慧財產法院第三庭

法　官　林靜雯

以上正本係照原本作成。

如對本判決上訴，須於判決送達後 20 日之不變期間內，向本院提出上訴狀。如委任律師提起上訴者，應一併繳納上訴審裁判費。

中華民國 103 年 12 月 30 日

書記官　陳彥君

▲ 結 語

故事編撰技巧

綜上所說，本書從概說、故事行銷之撰寫、範例、推廣，著作權法以及結語等六個單元，一路深入簡出的分析說明，尤其是故事行銷之編撰單元，談得非常深入，期待學員能舉一而反三，並避免觸犯著作權法。當然，不能感動人的文章，就不能稱之為文學，尤其是故事！更應該讓人讀之落淚，方能感動人，用故事來行銷，才能發揮它的功效。

本書重視理論與實務的兼備，進而讓學生得心應手，足以面對問題，解決問題，成為故事編撰之高手。其中之內容，不乏是筆者的親身經歷，不管是就業，或是創業，應能給學生指引參考。

故事編撰技巧，有助於產品的行銷，多種產品的集合，配合企業良好的形象，所構成的品牌效應，有助於整體的推廣，對於企業未來的發展，具有非常重要的作用。

一本好的教材，能讓教師得心應手，也能滿足學生的求知慾，進而學習其專業技能，以順利就業或創業。讓學生成為故事編撰之專家，則是筆者所盼。

國家圖書館出版品預行編目資料

故事編撰技巧／蔡輝振　編撰—初版— 臺中市：天空數位圖書　2025.08 面：17X23 公分 ISBN：978-626-7576-22-9（平裝） 1.CST：文學　2.CST：寫作法 811.1　　　　　　　　　　　　　　114011032

書　　　名：故事編撰技巧
發 行 人：蔡輝振
出 版 者：天空數位圖書有限公司
作　　　者：蔡輝振
版面編輯：採編組
美工設計：設計組
出版日期：2025 年 8 月（初版）
銀行名稱：合作金庫銀行南臺中分行
銀行帳戶：天空數位圖書有限公司
銀行帳號：006-1070717811498
郵政帳戶：天空數位圖書有限公司
劃撥帳號：22670142
定　　　價：新臺幣 430 元整
電子書發明專利第　I　306564　號
※如有缺頁、破損等請寄回更換

版權所有請勿仿製

服務項目：個人著作、學位論文、學報期刊等出版印刷及DVD製作
　　　　　影片拍攝、網站建置與代管、系統資料庫設計、個人企業形象包裝與行銷
　　　　　影音教學與技能檢定系統建置、多媒體設計、電子書製作及客製化等
TEL　：(04)22623893　　　　　MOB：0900602919
FAX　：(04)22623863
E-mail：familysky@familysky.com.tw
Https　：//www.familysky.com.tw/
地　址：台中市南區忠明南路 787 號 30 樓國王大樓
No.787-30, Zhongming S. Rd., South District, Taichung City 402, Taiwan (R.O.C.)